Quatre aventures de Sherlock Holmes

La cycliste solitaire

ROMANS ET RECUEILS AVEC SHERLOCK HOLMES

Une étude en rouge
Le chien des Baskerville
Le signe des quatre
La vallée de la peur
Les aventures de Sherlock Holmes
Le retour de Sherlock Holmes
Les archives de Sherlock Holmes
Les mémoires de Sherlock Holmes
Son dernier coup d'archet

Sir Arthur Conan Doyle

Quatre aventures de

Sherlock Holmes

La cycliste solitaire

suivi de

Charles Auguste Milverton
Le Gloria Scott
Le trois-quart aile manquant

Librio

Texte intégral

Titres originaux

La cycliste solitaire / *The Adventure of the Solitary Cyclist*
Charles Auguste Milverton / *The Adventure of Charles Augustus Milverton*
traduits par Louis Chantemele
Le Gloria Scott / *The Adventure of the "Gloria Scott"*
traduit par Lucien Maricourt
Le trois-quart aile manquant / *The Adventure of the Missing Three-Quarter*
traduit par Michel Le Houbie

LA CYCLISTE SOLITAIRE

De 1894 à 1901 inclus, M. Sherlock Holmes fut très occupé. On peut affirmer sans crainte qu'il n'y eut pas, au cours de ces huit années, une seule affaire épineuse au sujet de laquelle la police officielle ne l'ait pas consulté et il y eut en outre des centaines d'enquêtes particulières, certaines fort compliquées et extraordinaires, dans lesquelles il tint un rôle éminent. Nombre de succès sensationnels et tout juste quelques inévitables échecs résultèrent de cette longue période de travail assidu. Comme j'ai conservé des notes très complètes concernant chacune de ces enquêtes et que j'ai participé à quantité d'entre elles, on conçoit que j'éprouve quelque difficulté à savoir lesquelles choisir pour en donner connaissance au public. Je resterai, néanmoins, fidèle à ma règle habituelle, qui consiste à accorder la préférence aux affaires dont l'intérêt provient moins de la sauvagerie du crime que de l'ingéniosité et de l'imprévu de la solution. C'est pour cette raison que je vais exposer au lecteur les faits relatifs à Mlle Violette Smith, la cycliste solitaire de Charlington, et les suites curieuses qu'eurent nos investigations, qui s'achevèrent par une tragédie inattendue. Il est exact que les circonstances ne se prêtèrent pas à une démonstration frappante des dons qui ont rendu illustre mon ami Holmes, mais il n'y en eut pas moins certains points qui font que cette enquête mérite une place à part dans la masse de documents qui retracent une longue période d'activité policière et d'où j'extrais les éléments de ces petits récits.

En me reportant à mes notes de l'année 1895, je constate que c'est le samedi 23 avril que nous avons pour la première fois entendu parler de Mlle Violette Smith. Sa visite fut, je m'en souviens, fort mal accueillie par Holmes, alors absorbé par un problème très compliqué et hermétique qui résultait des singulières persécutions auxquelles s'était trouvé en butte le célèbre magnat du tabac, Vincent Harden. Mon ami, qui aimait par-dessus tout à penser avec précision et concentration, voyait d'un mauvais œil tout ce qui distrayait son attention du problème à l'étude. Et pourtant, à moins de déployer une rudesse qui n'était pas dans sa nature, il était impossible de refuser d'écouter la splendide jeune femme qui, grande et gracieuse, se présenta un soir, très tard, à Baker Street pour solliciter l'aide et les conseils de Holmes. Il était vain de lui faire ressortir que tout son temps était pris, car la jeune personne était venue avec la ferme intention de raconter son histoire et il devint vite évident que seule la force parviendrait à l'expulser de la pièce avant qu'elle n'eût fait son récit. Avec un air résigné et un sourire quelque peu las, Holmes pria la jolie intruse de prendre un siège et de nous informer de ce qui la préoccupait.

— Ce n'est toujours pas votre santé, dit-il en l'étudiant du regard, car une cycliste aussi fervente doit déborder de dynamisme.

Elle considéra d'un air surpris ses chaussures et j'y remarquai, sur le côté de la semelle, les légères rugosités causées par le frottement de la pédale.

— Il est vrai que je fais pas mal de bicyclette, reconnut-elle, et le fait n'est pas étranger à ma visite d'aujourd'hui.

Mon ami s'empara de la main dégantée de la jeune femme et l'examina avec une attention aussi concentrée et avec aussi peu de sentiment qu'un savant en apporte à l'étude d'une pièce anatomique.

— Vous m'excuserez, j'espère. Le métier, n'est-ce pas? dit-il en lâchant sa main. J'ai failli faire l'erreur de croire que vous faisiez de la dactylographie. Naturellement, c'est de la musique, ça saute aux yeux. Vous remarquez, Watson, l'extrémité spatulée des doigts, qui est commune aux deux professions? Il y a pourtant, dans le visage, une spiritualité — il lui fit doucement tourner la figure vers la lumière — que n'engendre pas la machine à écrire. Cette dame est musicienne.

— Oui, monsieur Holmes, j'enseigne la musique.

— A la campagne, je présume, si j'en juge par votre teint?

— Oui, monsieur, près de Farnham, aux confins du Surrey.

— Une région magnifique et associée à un tas de choses intéressantes. Vous vous rappelez, Watson, que c'est près de là que nous avons pris Archie Stamford, le faussaire? Eh bien, mademoiselle Violette, que vous est-il arrivé près de Farnham, aux confins du Surrey?

La jeune femme, avec beaucoup de clarté et de sang-froid, nous fit le récit curieux que voici:

— Mon père, James Smith, est mort, monsieur Holmes. Il était chef d'orchestre au vieux Théâtre Impérial. Ma mère et moi, nous sommes, à son décès, restées sans un parent au monde, en dehors d'un oncle, Ralph Smith, qui est parti pour l'Afrique il y a vingt-cinq ans et dont on n'a pas eu de nouvelles depuis. Quand papa mourut, nous étions très pauvres, mais un jour on nous signala qu'une annonce dans le *Times* demandait où nous étions. Je vous laisse à penser combien cela nous a émues, car nous nous imaginions que quelqu'un nous léguait une fortune. Nous nous rendîmes chez l'homme de loi dont le journal donnait le nom. Là, nous rencontrâmes deux messieurs, MM. Carruthers et Woodley, qui rentraient d'un voyage en Afrique du Sud. Ils dirent que mon oncle était un ami à eux, qu'il venait de mourir pauvre quelques mois auparavant à Johannesburg et qu'il leur avait demandé, sur son lit de mort, de retrouver ses parents et de s'assurer qu'ils ne manquaient de rien. Cela nous parut bizarre que l'oncle Ralph, qui n'avait pas fait attention à nous de son vivant, prît tant à cœur de veiller sur nous une fois mort, mais M. Carruthers nous expliqua que la raison en était qu'il venait d'apprendre la mort de son frère et se considérait de ce fait comme responsable de notre sort.

— Je vous demande pardon, dit Holmes, mais quand eut lieu cette entrevue?

— En décembre dernier. Il y a quatre mois.

— Poursuivez, je vous en prie.

— M. Woodley me fit l'effet d'un odieux individu. Il ne cessait de me faire de l'œil. Un jeune lourdaud, au visage bouffi et à la moustache rousse, avec les cheveux plaqués de chaque côté du front, je l'ai trouvé positivement haïssable, et j'ai tout de suite eu la conviction que Cyril n'approuverait pas une pareille connaissance.

— Ah! c'est Cyril qu'il s'appelle, dit Holmes, avec un sourire.

La jeune femme rougit puis se mit à rire.

— Oui, monsieur Holmes, Cyril Morton, ingénieur électricien, et nous espérons nous marier à la fin de l'été. Grand Dieu, comment ai-je pu me mettre à parler de lui? Ce que je voulais dire, c'est que M. Woodley était parfaitement odieux, mais que M. Carruthers, beaucoup plus âgé, était plus aimable. C'était un brun, pâle, glabre et silencieux, mais il avait de bonnes manières et un sourire agréable. Il s'enquit de nos ressources et en apprenant que nous étions très pauvres suggéra que j'aille donner des leçons de musique à sa fille unique, âgée de dix ans. Je lui répondis que je ne voulais pas quitter ma mère, sur quoi il proposa que je revienne chez elle toutes les fins de semaine et m'offrit cent livres par an, ce qui était certes un salaire splendide. Je finis donc par accepter et je m'en fus à Chiltern Grange, à une dizaine de kilomètres de Farnham. M. Carruthers était veuf, mais il avait engagé une gouvernante, une dame âgée fort respectable, du nom de Mme Dixon, et qui administrait la maison. L'enfant était un amour et tout s'annonçait bien. M. Carruthers était très gentil, aimait la musique et nous passions tous ensemble de fort agréables soirées. Chaque samedi, je revenais à Londres chez ma mère.

« La première ombre au tableau fut l'arrivée de M. Woodley, l'homme aux moustaches rouges. Il vint pour un séjour d'une semaine et pour moi ce fut comme trois mois! C'était un homme abominable, une brute avec tout le monde, mais avec moi quelque chose d'infiniment pire. Il me fit une cour odieuse, se vanta de sa fortune, dit que si je l'épousais j'aurais les plus beaux diamants de Londres et, finalement, comme je ne voulais rien savoir, il me saisit dans ses bras, un soir après dîner — il était d'une force effroyable — et jura qu'il ne me lâcherait pas tant que je ne l'aurais pas embrassé. M. Carruthers arriva, m'arracha de ses mains, sur quoi l'autre se retourna contre son hôte, le jeta à terre d'un coup de poing qui lui fit une coupure au visage. Comme bien vous pensez, ce fut la fin de son séjour. M. Carruthers me présenta ses excuses le lendemain et m'assura que je ne serais plus exposée à pareil affront. Je n'ai pas revu M. Woodley depuis.

« J'arrive, maintenant, monsieur Holmes, au fait particulier qui m'a amenée à venir vous demander conseil aujourd'hui. Que je vous dise, d'abord, que, tous les samedis, je vais en bicyclette à la gare de Farnham, où je prends le train de midi vingt-deux pour Londres.

« On ne rencontre presque personne sur la route de Chiltern Grange et, à un endroit, elle est tout spécialement déserte, car elle passe entre la lande de Charlington et les bois qui entourent le manoir du même nom. On ne trouverait nulle part un tronçon de voie plus isolé et il est tout à fait rare d'y croiser ne serait-ce qu'un chariot ou un paysan tant qu'on n'a pas atteint la grand-route près de la colline de Crooksbury. Il y a deux semaines, je passais dans ces parages quand, en regardant par hasard derrière moi, je vis, à quelque deux cents mètres, un monsieur entre deux âges, avec une petite barbe courte. Il était aussi en bicyclette et, quand je regardai de nouveau avant d'arriver à Farnham, il avait disparu, de sorte que je cessai d'y songer. Mais vous concevrez combien je fus surprise, monsieur Holmes, quand, en revenant le lundi, je revis le même homme au même endroit. Mon étonnement s'accrut encore quand l'incident se reproduisit, exactement dans les mêmes circonstances, les samedi et lundi suivants. Il se tenait à distance, ne me molestait en aucune façon, mais, sûrement, ce n'en est pas moins très singulier. J'en parlai à M. Carruthers, qui parut intéressé par ce que je lui disais et qui me dit qu'il avait commandé une voiture, de sorte qu'à l'avenir je ne passerais plus dans ces parages isolés sans un compagnon de route.

« La voiture devait arriver cette semaine, mais, pour je ne sais quelle raison, elle n'a pas été livrée, si bien qu'il a fallu que j'aille en bicyclette à la gare. C'était ce matin. Vous pensez bien que j'ai regardé quand je suis arrivée à la colline de Charlington, et, comme de juste, l'homme était là, tout comme les deux semaines précédentes. Il restait toujours tellement loin que je ne pouvais pas voir nettement ses traits, mais c'était sûrement quelqu'un que je ne connaissais pas. Il portait un costume sombre et une casquette. La seule partie de son visage que je voyais nettement, c'était sa barbe noire. Aujourd'hui, je n'avais pas peur et, très intriguée, je résolus de voir qui c'était et ce qu'il voulait. Je ralentis, mais il en fit autant. Alors je descendis, mais il descendit aussi. Du coup, je lui tendis un piège. Il y a un endroit où la route fait un coude brutal; je pris ce tournant à toute allure, puis m'arrêtai pour l'attendre. Je pensais qu'il allait passer à toute vitesse et qu'il me dépasserait avant de pouvoir s'arrêter, mais il ne se montra pas. Alors, je revins sur mes pas et regardai de l'autre côté du tournant. On apercevait bien quinze cents mètres de route, seulement l'homme avait disparu. Et ce qui rend la chose plus extraordinaire encore, c'est qu'il n'y a pas une voie latérale par laquelle il aurait pu s'en aller.

Holmes se mit à rire en se frottant les mains.

— Le fait est que l'affaire présente des caractères bien particuliers, dit-il. Combien s'est-il écoulé de temps entre le moment où vous avez tourné le coin et celui où vous avez découvert qu'il n'y avait plus personne sur la route?

— Deux ou trois minutes.

— Il n'aurait donc pas pu faire la route en sens contraire. Et vous dites qu'il n'y a pas de chemins sur le côté?

— Aucun.

— Alors il se sera engagé dans un sentier, d'un côté ou de l'autre.

— En tout cas, pas du côté de la lande, car je l'aurais vu.

— De sorte que, par élimination, nous arrivons au fait qu'il est parti vers le manoir de Charlington, qui, si j'ai bien compris, se trouve entouré de ses propres terres d'un côté de la route. Rien d'autre?

— Rien, monsieur Holmes, sauf que j'en fus si intriguée que je me suis dit que je ne serais tranquille que quand je vous aurais vu et que vous m'auriez donné votre opinion.

Holmes resta sans rien dire un petit moment.

— Où se trouve le monsieur auquel vous êtes fiancée? demanda-t-il enfin.

— A Coventry, à la Compagnie électrique des Midlands.

— Il ne viendrait pas vous voir sans prévenir?

— Oh, monsieur Holmes! Comme si je ne le reconnaîtrais pas!

— Avez-vous eu d'autres admirateurs?

— Plusieurs, avant de connaître Cyril.

— Et depuis?

— Il y a eu cet affreux Woodley, si on peut appeler cela un admirateur.

— Personne d'autre ?

Notre jolie cliente parut un peu confuse.

— Allons, dites-nous qui ? l'encouragea Holmes.

— Eh bien, je me fais peut-être des idées, mais il m'a semblé parfois que le monsieur pour qui je travaille, M. Carruthers, me porte un vif intérêt. On se trouve forcément rapprochés par les circonstances. Le soir, je l'accompagne au piano. Il n'a jamais rien dit. C'est un parfait homme du monde, mais les femmes sentent ces choses-là.

— Ah ! — Holmes prit un air grave. — Qu'est-ce qu'il fait, comme métier ?

— Il est riche.

— Et il n'a ni chevaux ni voiture ?

— Enfin, il est assez à l'aise. Mais il se rend dans la Cité deux ou trois fois par semaine. Il s'intéresse fort aux actions des mines d'or d'Afrique du Sud.

— Vous me ferez savoir s'il se passe quelque chose de nouveau, mademoiselle. J'ai beaucoup à faire en ce moment, mais je trouverai le temps d'étudier votre affaire. Dans l'intervalle, ne prenez aucune mesure sans m'avertir. Au revoir, et j'espère ne recevoir de vous que de bonnes nouvelles.

« Il est dans l'ordre naturel des choses qu'une fille comme cela ait des gens dans son sillage, dit Holmes, songeur, en fumant sa pipe. Mais il vaut mieux que ce ne soit pas à bicyclette et sur une route isolée. Quelque amoureux transi, sans nul doute. Mais l'affaire présente des détails curieux et riches en suggestions, Watson.

— Du fait que l'homme ne se montre qu'à cet endroit ?

— Tout juste. Notre premier effort doit être pour découvrir quels sont les occupants du manoir de Charlington. Ensuite, quelle relation y a-t-il entre Carruthers et Woodley, puisqu'ils sont, semble-t-il, des types tellement différents l'un de l'autre ? Comment est-il advenu que *tous les deux* tenaient à tel point à retrouver la famille de Ralph Smith ? Autre chose : qu'est-ce que c'est que ce train de maison où on paie le double du tarif habituel à une préceptrice, mais où on n'a pas de cheval alors qu'on habite à dix kilomètres de la gare ? Bizarre, Watson... très bizarre.

— Vous irez là-bas ?

— Non, mon cher, c'est vous qui irez. Il se peut que ce ne soit qu'une intrigue sans conséquence et je ne peux pas interrompre mes importantes recherches actuelles pour cela. Lundi, vous arriverez de bonne heure à Farnham, vous vous cacherez dans les parages de Charlington ; vous observerez les événements et vous agirez comme vous le jugerez bon. Puis, après vous être renseigné sur les hôtes du manoir, vous reviendrez me faire votre rapport. Et maintenant, plus un mot sur cette question tant que nous n'aurons pas quelques bases solides sur lesquelles appuyer notre solution.

Nous savions par la jeune femme qu'elle rentrait le lundi par le train qui quitte Waterloo à neuf heures cinquante ; je partis donc de bonne heure par celui de neuf heures treize. A Farnham, je n'éprouvai aucune difficulté à me faire indiquer Charlington et sa lande. Il était impossible de se tromper sur le site des mésaventures de la jeune personne, avec la lande vallonnée d'un côté et de l'autre une vieille haie de buis qui entourait un parc émaillé d'arbres magnifiques. Il y avait une grande entrée en pierres moussues dont les piliers latéraux étaient surmontés d'emblèmes héraldiques effacés, mais en dehors de cette allée cavalière centrale, j'observai différents points où des trouées dans la haie correspondaient à des sentiers. On ne voyait pas l'habitation de la route, mais tout son environnement proclamait la tristesse et la décrépitude.

La lande était couverte des taches dorées des ajoncs en fleur qui étincelaient magnifiquement sous les feux d'un ardent soleil printanier. Ce fut derrière une de ces touffes que je pris position, de manière à commander la vue de la grille en même temps que celle d'une longue étendue de route de chaque côté. Celle-ci était déserte au moment où je la quittai, mais j'y vis bientôt un cycliste qui roulait dans la direction d'où je venais. Il avait un costume sombre et une barbe noire. En arrivant à l'extrémité de la propriété du manoir, il mit pied à terre et, poussant sa machine par une des ouvertures de la haie, disparut de ma vue.

Un quart d'heure s'écoula et une seconde bicyclette apparut. Cette fois, c'était la jeune femme qui venait de la gare. Je la vis scruter les environs quand elle se trouva à hauteur de la haie du manoir de Charlington. L'instant d'après, l'homme sortit de sa cachette, sauta sur sa bicyclette et la suivit. Dans tout le vaste paysage, ces deux-là étaient les seuls points mouvants : la fille, gracieuse et très droite sur sa machine, et l'homme derrière elle, le nez sur le guidon, avec quelque chose de furtif dans tous ses gestes. Elle regarda derrière elle, le vit et ralentit. Il l'imita. Elle s'arrêta. Il en fit aussitôt autant, maintenant deux cents mètres d'écart entre elle et lui. L'initiative suivante de la jeune femme fut aussi inattendue que crâne : elle fit faire demi-tour à sa machine et fonça droit sur l'homme qui, aussi prompt qu'elle, toutefois, prit à toute allure une fuite désespérée. Bientôt elle reprit son chemin primitif, la tête hautainement relevée et sans daigner faire le moins du monde attention à ce silencieux garde du corps qui, lui aussi, avait repris la même direction qu'elle et resta à la même distance jusqu'au moment où la courbe du chemin me les fit perdre de vue.

Je restai dans ma cachette et bien m'en prit, car bientôt l'homme revint, roulant lentement. Il entra par la grille du manoir et descendit de machine. Pendant quelques minutes, je pus le voir, immobile parmi les arbres. Les mains levées, il semblait en train d'arranger sa cravate. Puis il remonta sur sa bicyclette et s'en fut, par l'allée cavalière, en direction du Manoir. Courant par la lande, j'essayai de le suivre des yeux parmi les arbres. Très loin, je parvenais à apercevoir les bâtiments gris, hérissés de leurs antiques cheminées, mais l'allée traversait des bosquets touffus et je ne pus revoir mon homme.

J'avais quand même l'impression d'avoir accompli une assez bonne matinée de travail et j'étais très en train en regagnant Farnham. L'agent immobilier de l'endroit ne put me fournir aucun renseignement concernant le manoir de Charlington et me dit de m'adresser à une firme bien connue, dans Pall Mall. Je m'y arrêtai avant de rentrer et y trouvai un accueil courtois. L'employé me dit que je ne pourrais pas louer le manoir pour cet été-là, que j'arrivais un tout petit peu trop tard car on l'avait loué un mois avant. Le locataire était un M. Williamson, un homme âgé et très respectable. Le préposé regrettait de ne pouvoir m'en dire davantage, mais les affaires de ses clients n'étaient pas des sujets dont il lui était permis de discuter.

M. Sherlock Holmes écouta avec attention le long rapport que je fus en mesure de lui présenter ce soir-là, mais ce compte rendu ne me valut pas ce mot de brève louange que j'avais espéré et que j'eusse apprécié. Au contraire, son visage austère se fit plus sévère que d'habitude, tandis qu'il commentait les choses que j'avais faites et celles que j'aurais dû faire.

— Grosse erreur, mon cher Watson, votre cachette. Il fallait vous placer derrière la haie ; ainsi vous auriez vu de près ce personnage intéressant. De la façon dont vous vous y êtes pris, vous étiez à des centaines de mètres, de sorte que vous ne pouvez que m'en dire moins encore que Mlle Smith. Elle croit qu'elle ne connaît pas l'individu ; je suis convaincu du contraire. Pourquoi, sans cela, serait-il à ce point désireux de ne pas lui permettre de l'approcher pour voir ses traits ? Vous me dites qu'il se penchait sur son guidon. Toujours cette même dissimulation ! Vous vous êtes vraiment mal débrouillé. Il retourne au manoir, et pour savoir qui il est, vous vous adressez à une maison de Londres !

— Et qu'aurait-il fallu faire ? m'écriai-je avec chaleur.

— Aller à l'auberge la plus proche. C'est le centre des cancans, à la campagne. Là, on vous aurait dit tous les noms, depuis celui du patron jusqu'à celui de la femme de charge. Williamson ! Ça ne me dit rien du tout. Si c'est un vieillard, ça ne peut pas être le cycliste actif qui file à toute vitesse pour échapper à la poursuite de cette athlétique jeune personne. Que nous a rapporté votre expédition ? La confirmation du récit de la demoiselle ? Je n'avais jamais douté de sa véracité. Qu'il existe une corrélation entre le cycliste et le manoir ? De cela non plus je n'ai jamais douté. Que le manoir est loué par Williamson ? Nous voilà bien avancés ! Allons, allons, cher ami, ne soyez pas si morose. Nous ne pouvons plus rien faire d'ici samedi prochain et, d'ici là, peut-être prendrai-je un ou deux renseignements moi-même.

Le lendemain nous apporta un mot de Mlle Smith, relatant brièvement, mais exactement, les incidents mêmes dont j'avais été le témoin. Mais tout le sel s'en trouvait dans le post-scriptum :

« Je suis certaine, monsieur Holmes, que vous ne trahirez pas ma confiance si je vous dis que ma position devient ici difficile, du fait que mon patron m'a demandé ma main. Je suis convaincue que ses sentiments sont à la fois profonds et honorables, mais j'ai déjà engagé ma parole ailleurs, comme vous le savez. Il a pris mon refus avec beaucoup de sérieux, mais aussi beaucoup de douceur. Vous concevez, toutefois, que la situation est un peu tendue. »

— Notre jeune amie a l'air d'entrer dans une passe difficile, dit Holmes, songeur, quand il eut fini de lire la lettre. L'affaire présente certainement plus de points intéressants et de possibilités d'évolution que je ne le pensais au début. Une journée tranquille et paisible à la campagne ne me ferait pas de mal et j'ai bonne envie d'y faire un saut cet après-midi pour vérifier une ou deux théories que j'ai échafaudées.

La paisible journée de campagne de Holmes eut une fin pas banale, car il revint à Baker Street tard ce soir-là, avec la lèvre fendue et une bosse incolore sur le front, sans parler d'une tendance générale à la dissipation qui eût fait de toute sa personne un digne objet d'investigation pour la police régulière. Il était absolument ravi de ses mésaventures et rit de grand cœur en me les racontant.

— Je prends si peu d'exercice que c'est toujours un régal pour moi, dit-il. Vous n'ignorez pas que je suis assez habile dans ce bon vieux sport national anglais qu'est la boxe. Cela sert, à l'occasion. Aujourd'hui, par exemple, j'aurais sans cela connu d'ignominieux déboires.

Je le priai de me dire ce qu'il était arrivé.

— Je l'ai trouvé, ce cabaret de campagne que j'avais recommandé à votre attention, et je m'y suis livré à une discrète enquête. Je me trouvais au bar et le patron, bavard, était en train de me raconter tout ce que je voulais. Williamson est un monsieur à barbe blanche qui habite le manoir avec seulement quelques domestiques. D'après un bruit qui court, il est, ou aurait été, pasteur ; toutefois, un ou deux incidents survenus durant son court séjour au manoir me frappent comme assez peu cléricaux, et, à ce qu'on m'a dit, il y a effectivement eu dans le clergé un individu de ce nom dont la carrière a été particulièrement peu brillante. Le patron du bar m'a appris aussi que d'habitude des visiteurs viennent au manoir pour le week-end — « de chauds lapins, monsieur ! » — surtout un bonhomme à moustache rouge, un nommé M. Woodley, qui y est tout le temps. Nous en étions là, quand, qui est-ce qui s'amène, sinon le type en question qui, tout en prenant sa bière dans la salle à côté, avait entendu toute la conversation. Qui étais-je et qu'est-ce que je voulais? Qu'est-ce que signifiaient toutes ces questions? Extrêmement volubile, il employait des adjectifs fort vigoureux. Il mit le point final à un chapelet d'injures par un vicieux revers de main que je n'ai pas pu entièrement éviter. Les quelques minutes qui suivirent furent délicieuses. Ce fut un duel entre le classique direct du gauche et une brute désordonnée. J'en suis sorti dans l'état où vous me voyez. M. Woodley est reparti en charrette. Ainsi s'acheva ma promenade à la campagne et il faut reconnaître que, bien que fort agréable, ma journée aux confins du Surrey n'a guère été plus utile que la vôtre.

Le jeudi nous apporta une autre lettre de notre cliente.

« Vous ne serez pas surpris, monsieur Holmes, écrivait-elle, d'apprendre que je quitte ma situation. Même le salaire élevé que me paie M. Carruthers ne parvient pas à compenser les inconvénients de ma position. Samedi je vais à Londres et n'ai pas l'intention de revenir. M. Carruthers s'est procuré une voiture et les dangers de la route solitaire — si tant est qu'ils aient existé — ont disparu.

« Pour ce qui a motivé mon départ, c'est moins la tension résultant de mes relations avec M. Carruthers que la réapparition de l'odieux M. Woodley. Toujours hideux, il est plus affreux encore maintenant, car il a, paraît-il, eu un accident qui l'a beaucoup défiguré. Je l'ai aperçu par la fenêtre, mais — Dieu merci ! — ne me suis pas encore trouvée en sa présence. Il a eu une longue conversation avec M. Carruthers qui, après, m'a semblé fort surexcité. Woodley doit séjourner dans le voisinage, car il ne couche pas ici, et pourtant je l'ai aperçu de nouveau ce matin, il se faufilait parmi les bosquets. Je préférerais de beaucoup une bête sauvage en liberté dans le jardin. Je l'abomine et le crains plus que je ne saurais dire. Comment, mais comment, M. Carruthers peut-il un seul instant supporter un être pareil ? Enfin, mes tourments seront finis samedi ! »

— Je l'espère aussi, Watson, je l'espère, dit Holmes, avec fougue. Je ne sais quelle sournoise intrigue se noue autour de cette petite, et il est de notre devoir de veiller à ce que personne ne la moleste au cours du dernier voyage en question. Je crois, Watson, qu'il faut que nous trouvions le temps d'y descendre samedi matin pour nous assurer que cette curieuse enquête sans résultat n'aura pas une fin regrettable.

Je reconnais que je n'avais pas, jusqu'alors, considéré l'affaire sous un angle bien sérieux. Elle me semblait plutôt grotesque et baroque que dangereuse. Qu'un homme attende et suive une très jolie femme, cela n'avait rien d'extraordinaire, et s'il avait témoigné d'assez peu d'audace pour non seulement ne pas lui adresser la parole, mais même pour fuir à son approche, ce ne pouvait être un assaillant bien redoutable. Woodley, ce voyou, était tout différent, mais, sauf en une occasion, il n'avait pas molesté notre cliente et maintenant il allait rendre visite à Carruthers sans même paraître en présence de la jeune femme. Le cycliste était probablement un des membres de la compagnie qui venait au manoir pour les week-ends, ainsi que le cabaretier l'avait raconté à Holmes. Toutefois, qui il était et ce qu'il voulait, on l'ignorait toujours. Ce furent la sobriété de l'attitude de Holmes et le fait qu'il glissa, avant de sortir, un revolver dans sa poche qui me donnèrent l'impression qu'il y avait peut-être une tragédie latente sous cette curieuse suite d'événements.

A une nuit pluvieuse avait succédé une matinée resplendissante et la campagne couverte de bruyères, avec les flamboyantes touffes d'ajoncs en fleur, semblait encore plus belle à nos yeux, après les teintes boueuses, grisâtres et ardoisées de Londres. Holmes et moi nous marchions le long de la route large et sablée, en respirant à pleins poumons l'air frais du matin et en nous régalant du chant des oiseaux et de la fraîche haleine du printemps. D'une élévation de la route au flanc de la colline de Crooksbury nous pûmes apercevoir le sinistre manoir hérissant ses cheminées par-dessus les chênes antiques qui, tout vieux qu'ils étaient, n'en demeuraient pas moins plus jeunes que le bâtiment qu'ils entouraient. Holmes m'indiqua, sur la longue route qui, tel un ruban d'un jaune rougeâtre, serpentait entre le brun de la lande et le vert bourgeonnant des bois, un point noir, très éloigné — un véhicule qui venait dans notre direction. Holmes eut une exclamation d'impatience.

— J'avais tablé sur une marge d'une demi-heure, dit-il. Si c'est la voiture de notre jeune personne, elle doit chercher à prendre le train d'avant. J'ai bien peur, Watson, qu'elle ne passe à Charlington trop tôt pour que nous puissions l'y joindre.

Une fois franchi le sommet de la montée, nous ne pouvions plus voir le véhicule, mais nous pressâmes l'allure à tel point que ma vie sédentaire commença à se faire sentir et que je dus rester en arrière. Holmes, toutefois, était toujours en forme, car il avait d'inépuisables ressources nerveuses qu'il mettait à contribution. Son pas élastique ne ralentit pas un instant jusqu'au moment où, alors qu'il était à une centaine de mètres en avant de moi, il s'arrêta et je le vis lever la main en un geste de douleur et de désespoir. En même temps, la voiture vide, au trot du cheval dont les rênes pendaient, apparut au tournant de la route, approchant rapidement de nous.

— Trop tard, Watson, trop tard ! s'écria Holmes tandis que, haletant, je me portais à sa hauteur. Imbécile que je suis de n'avoir pas tenu compte du train précédent ! C'est un enlèvement, une séquestration, un meurtre, Dieu sait quoi ! Barrez-moi cette route ! Arrêtez-moi ce cheval ! c'est cela. Maintenant, en voiture, et voyons si je vais pouvoir réparer les conséquences de mes propres gaffes !

Nous avions bondi dans le dog-cart et Holmes, après avoir fait tourner le cheval, le cingla vigoureusement de son fouet et nous partîmes à fond de train. Comme nous prenions le tournant, toute l'étendue de la route qui s'étendait entre le manoir et la lande se déploya devant nos yeux. Je saisis Holmes par le bras.

— Voici notre homme ! lui dis-je.

Un cycliste venait dans notre direction. Tête baissée et dos voûté, il mettait à pédaler toute son énergie et filait comme un coureur. Soudain, en levant son visage barbu, il nous vit proches de lui et s'arrêta, sautant à bas de sa machine. La barbe d'un noir intense faisait un étrange contraste avec la pâleur de sa figure et ses yeux brillaient, comme enfiévrés. Il nous regarda avec surprise, considéra notre voiture, et un air de stupeur se peignit sur ses traits.

— Holà ! Arrêtez ! s'écria-t-il en mettant sa bicyclette en travers de la route. Où avez-vous pris cette voiture ? Arrêtez, je vous dis ! hurla-t-il en tirant de sa poche un pistolet. Arrêtez, ou sans ça, bon sang, je tire dans votre cheval !

Holmes me lança les rênes sur les genoux et bondit à bas de la charrette.

— C'est vous que nous cherchons. Où est Mlle Smith? demanda-t-il avec sa vivacité ordinaire.

— C'est bien ce que je vous demande. Vous êtes dans son dog-cart. Vous devriez savoir où elle est.

— Nous avons rencontré la voiture sur la route. Il n'y avait personne dedans. On l'a prise pour aller au secours de la jeune femme.

— Mon Dieu! que vais-je faire! s'écria l'inconnu, au comble du désespoir. Ils la tiennent, cet infernal gredin de Woodley et ce bandit de prêtre! Allons, venez, si vraiment vous êtes son ami, venez m'aider à la sauver, quand je devrais laisser mes os dans ce bois de Charlington!

D'un air égaré, il se précipita, le pistolet à la main, vers une brèche ouverte dans la haie. Holmes le suivit, et moi, laissant le cheval brouter sur le bord de la route, je suivis Holmes.

— C'est ici qu'ils sont passés, dit-il en indiquant plusieurs traces de pas dans le sentier boueux. Holà! un instant: qui est-ce qui est là dans le buisson?

C'était un jeune homme de dix-sept ou dix-huit ans, habillé comme un garçon d'écurie, avec un pantalon de velours et des guêtres. Il était couché sur le dos, les genoux repliés, et portait une terrible entaille à la tête. Il était sans connaissance, mais vivant. Un coup d'œil à sa blessure me montra qu'elle n'avait pas attaqué l'os.

— C'est Peter, le valet d'écurie, s'écria l'étranger. C'est lui qui la conduisait. Ces sauvages l'ont arraché de son siège et assommé. Laissez-le là; nous ne pouvons rien faire pour lui, mais nous pouvons la sauver, elle, du pire destin qui puisse accabler une femme.

Nous nous ruâmes comme des forcenés par le sentier qui serpentait parmi les arbres. Nous venions d'atteindre les bosquets qui entouraient la maison quand Holmes s'arrêta.

— Ils ne sont pas allés à la maison. Voici leurs pas, sur la gauche... là, à côté des lauriers! Ah! je vous le disais!

Tandis qu'il parlait, le hurlement d'une voix féminine — un hurlement qui vibrait d'horreur frénétique — retentit, parti d'une épaisse touffe de buissons devant nous. Il s'acheva subitement sur sa note la plus élevée par le bruit étouffé qu'émet quelqu'un qu'on étrangle.

— Par ici, par ici! ils sont dans le boulingrin, s'écria l'inconnu en s'élançant dans les buissons. Ah, les lâches!

les chiens ! Suivez-moi, messieurs ! Mais trop tard, trop tard ! ah, misère !

Nous venions de déboucher sur un délicieux glacis de gazon entouré d'arbres vénérables. A l'extrémité la plus éloignée, à l'ombre d'un immense chêne, trois personnes formaient un groupe étrange. L'une était une femme, notre cliente ; chancelante et défaillante, elle était bâillonnée par un mouchoir lié sur sa bouche. En face d'elle se dressait un jeune homme brutal, au visage lourd et à la moustache rousse ; il était guêtré et, les jambes écartées, un poing sur la hanche, il agitait de l'autre main une cravache. Toute son attitude était de forfanterie triomphante. Entre les deux, un vieillard à barbe grise, portant un court surplis par-dessus un costume clair, venait évidemment de terminer le service de mariage car, au moment où nous parûmes, il était en train de remettre son livre de prières dans sa poche tout en tapant de joviale façon sur l'épaule de ce sinistre marié.

— Ils sont mariés ! m'écriai-je.

— Venez ! s'exclama notre guide. Venez !

Il se rua sur la pelouse, Holmes et moi derrière lui. Comme nous approchions, la jeune femme s'appuya en chancelant contre le tronc du chêne pour ne pas tomber. Williamson, l'ex-membre du clergé, s'inclina devant nous avec une politesse ironique et Woodley, la brute, s'avança avec un beuglement hilare.

— Tu peux enlever ta barbe, Bob, dit-il. Ça va, on t'a reconnu. Eh bien, toi et tes copains, vous arrivez juste à temps pour me permettre de vous présenter Mme Woodley.

La réponse de notre guide fut singulière. Il arracha d'un geste brusque la barbe noire qui le déguisait et la jeta par terre, révélant un visage pâle, allongé, et complètement rasé. Puis, levant son pistolet, il le braqua sur le jeune voyou qui s'avançait vers lui en cinglant dangereusement l'air de sa cravache.

— Oui, dit notre allié de fraîche date, c'est bien moi, Bob Carruthers, et je ne laisserai pas faire de tort à cette fille, quand ça devrait me mener à la potence. Je te l'ai dit, ce que je ferais si tu la touchais, et, pardieu, je tiendrai parole !

— Trop tard : elle est ma femme.

— Non ! elle est ta veuve !

Le coup partit et je vis le sang jaillir du devant du gilet de Woodley. Il tournoya avec un hurlement et s'écroula sur le dos, son hideux visage se marbrant tout à coup d'une affreuse pâleur. Le vieillard, toujours revêtu de son surplis, lâcha une bordée de jurons comme de ma vie je n'en avais entendu, et tira à son tour un revolver, mais, avant qu'il n'ait eu le temps de seulement l'élever à l'horizontal, il avait sous les yeux le canon de l'arme de Holmes.

— Ça suffit comme ça, dit froidement mon ami. Lâchez-moi ce pistolet. Watson, ramassez-le! Tenez-le-lui près de la tête! Merci. Quant à vous, Carruthers, donnez-moi votre arme. Nous ne voulons plus de violences. Allez, passez-moi ça.

— Qui donc êtes-vous?

— Je m'appelle Sherlock Holmes.

— Bon Dieu de bois!

— Vous me connaissez, à ce que je vois. Je représenterai la police régulière en attendant qu'elle arrive. Holà, toi! cria-t-il au valet d'écurie apeuré qui venait de montrer son nez au bord de la pelouse, viens ici, et porte-moi ça à cheval aussi vite que tu le pourras à Farnham. — Il griffonna quelques mots sur une feuille de son calepin. — Donne-le au commissaire de police. Tant qu'il ne sera pas arrivé, je suis contraint de vous retenir ici sous ma garde personnelle.

La magistrale puissance de la personnalité de Holmes dominait cette scène tragique dont les acteurs étaient entre ses mains comme des pantins. Williamson et Carruthers se retrouvèrent en train de porter le blessé dans le manoir et j'offris mon bras comme soutien à la jeune femme épouvantée. On posa Woodley sur son lit et, à la demande de Holmes, je l'examinai. J'allai lui en rendre compte dans la vieille salle à manger tendue de tapisseries anciennes où il était assis, ses deux prisonniers devant lui.

— Il vivra, lui dis-je.

— Quoi? s'écria Carruthers, debout d'un bond. Je vais commencer par aller l'achever. Vous n'allez pas me dire que cette jeune femme, que cet ange, est rivé à Woodley le Braillard pour le restant de ses jours?

— Vous n'avez pas besoin de vous faire de bile à cet égard, dit Holmes. Il y a deux bonnes raisons pour que, quoi qu'il arrive, elle ne soit pas sa femme. D'abord, nous pouvons en toute sécurité mettre en doute les droits qu'avait M. Williamson de célébrer le mariage.

— J'ai été ordonné, s'écria le vieux gredin.

— Et défroqué aussi.

— Prêtre un jour, prêtre toujours.

— Pensez-vous ! Et la licence de mariage ?

— Nous l'avons. Je l'ai dans ma poche.

— Alors vous vous l'êtes procurée par un subterfuge. De toute façon, un mariage par contrainte n'est pas un mariage, mais un forfait extrêmement grave, comme vous ne tarderez pas à le constater. Ou je me trompe fort, ou vous allez bien avoir dix ans pour y réfléchir. Quant à vous, Carruthers, vous auriez mieux fait de garder votre revolver dans votre poche.

— Je commence à le croire, monsieur Holmes ; mais quand je songeais à toutes les précautions que j'ai prises pour sauvegarder cette fille — car je l'aimais, monsieur Holmes, et avant de la connaître je ne savais pas ce que c'était que d'aimer comme cela —, ça m'a rendu fou de penser qu'elle se trouvait aux mains de la brute la plus sauvage et la plus violente de toute l'Afrique du Sud, d'un homme dont le nom répand la terreur de Kimberley à Johannesburg. Comment, monsieur Holmes, vous n'allez pas me croire, mais si je vous disais que depuis que cette enfant travaille chez moi je ne l'ai pas une fois laissée passer devant cette maison, où je savais que ces gredins étaient tapis, sans la suivre en bicyclette, rien que pour être sûr qu'il ne lui arrivait rien ? Je me tenais à distance, et je mettais une fausse barbe pour qu'elle ne me reconnaisse pas, parce que c'est une fille honnête et droite qui ne serait pas restée chez moi si elle avait cru que je la suivais sur les routes de campagne.

— Pourquoi ne pas l'avoir avertie du danger ?

— Toujours parce qu'elle m'aurait quitté, et je ne pouvais pas me résigner à cette idée-là. Même si elle ne pouvait pas m'aimer, c'était déjà beaucoup pour moi que de voir sa beauté dans mon foyer et que d'entendre le son de sa voix.

— Eh bien, dis-je, si vous appelez cela de l'amour, monsieur Carruthers, moi je trouve que c'est de l'égoïsme.

— Les deux vont peut-être de pair. En tout cas, je ne pouvais pas la laisser s'en aller. En outre, avec la bande à ses trousses, ce n'était pas plus mal qu'elle ait quelqu'un pour veiller sur elle. Et puis, quand le câble est arrivé, je savais qu'ils allaient forcément passer à l'action.

— Quel câble ?

— Celui-ci, dit Carruthers en sortant un télégramme de sa poche.

Court et précis, il disait simplement :

« Le vieux est mort. »

— Hum ! dit Holmes. Je crois que je vois ce qui s'est passé et je comprends sans peine que ce message, comme vous dites, allait les déchaîner. Mais, pendant que nous attendons, si vous me racontiez ce que vous savez ?

Le vieux forban en surplis éclata en un torrent d'injures.

— Tudieu ! si tu te mets à moucharder, Bob Carruthers, je te ferai ce que tu as fait à Jack Woodley ! Bêle ton amour pour la môme tant que tu voudras, mais si tu donnes tes potes à cette espèce de flic en civil, tu le regretteras, c'est moi qui te le dis !

— Votre Révérence n'a pas besoin de se frapper, dit Holmes en allumant une cigarette. Votre affaire à vous est assez claire, et tout ce que je demande, c'est quelques détails pour ma curiosité personnelle. Toutefois, si le fait de me les donner doit provoquer des difficultés, c'est moi qui vais parler et vous verrez quelle chance vous pouvez avoir de conserver vos secrets. Pour commencer, vous êtes trois qui êtes venus d'Afrique du Sud pour ce coup-là : vous, Williamson ; vous, Carruthers et Woodley.

— Mensonge numéro un, dit le vieux. Je ne les ai jamais vus, ni l'un ni l'autre, jusqu'à il y a deux mois. Et je n'ai de ma vie jamais mis le pied en Afrique. Mettez ça dans votre poche et votre mouchoir par-dessus, monsieur De-quoi-je-me-mêle Holmes.

— Ce qu'il dit est vrai, corrobora Carruthers.

— Eh bien, soit, deux d'entre vous firent le voyage. Le révérend père n'était pas un article d'importation. Vous aviez connu Ralph Smith en Afrique du Sud. Vous aviez tout lieu de croire qu'il ne vivrait plus bien longtemps. Vous avez découvert que sa nièce hériterait de sa fortune. C'est ça, oui ?

Carruthers approuva de la tête et Williamson jura.

— Elle était sa plus proche parente, probablement, et vous saviez que le vieux était incapable de faire un testament.

— Absolument hors d'état, dit Carruthers.

— De sorte que vous êtes venus, tous les deux, et que vous avez recherché la fille. L'idée, c'était que l'un de vous l'épouse, et l'autre aurait sa part du butin. Pour une raison quelconque, ce fut Woodley qui fut choisi pour être le mari. Pourquoi cela ?

— Nous l'avions jouée aux cartes pendant la traversée. C'est lui qui a gagné.

— Je vois. Vous avez réussi à faire entrer la demoiselle à votre service et là, Woodley devait faire sa cour. Elle vit quelle brute et quel sac à vin c'était et repoussa ses avances. En même temps, vos plans se trouvaient quelque peu bousculés par le fait que vous-même étiez tombé amoureux de la jeune personne. L'idée qu'un tel butor la possédât vous devenait insupportable.

— Ça, tudieu, oui !

— Vous vous êtes querellés, il vous a quitté en fureur et s'est mis à combiner son plan tout à fait en dehors de vous.

— Ça m'a tout l'air, Williamson, qu'il n'y a pas grand-chose que je peux apprendre à ce monsieur, s'écria Carruthers avec un rire amer. Oui, on s'est disputés et il m'a envoyé à terre. Pour cela, nous sommes à jeu, en tout cas. Là-dessus, je l'ai perdu de vue. C'est à ce moment-là qu'il est allé ramasser ce curé vomi que voilà. J'ai trouvé où ils avaient monté leur ménage ensemble, dans cette maison qui se trouvait sur le chemin que la fille suivait pour aller à la gare. J'ai eu l'œil sur elle à partir de ce moment-là, parce que je me suis douté qu'il y avait une machination en train. Je les voyais de temps à autre, parce que je voulais savoir ce qu'ils tramaient. Il y a deux jours, Woodley est venu me voir chez moi, pour me montrer ce télégramme qui disait que Ralph Smith était mort. Il venait me demander si je voulais observer notre marché. J'ai répondu que non. Il m'a demandé si je voulais épouser moi-même la petite et lui donner sa part. Je lui ai répondu que je le ferais volontiers, mais qu'elle ne voulait pas de moi. Il a dit : « Marions-la d'abord, et au bout d'une semaine ou deux, elle sera peut-être de meilleure composition. » J'ai dit que je ne me prêterais pas à un plan où il y aurait des violences. Alors, il est parti en sacrant et en jurant, comme un porc qu'il est, qu'il finirait par avoir la fille. Elle me quittait à la fin de cette semaine et je m'étais procuré une voiture pour la conduire à la gare. Malgré cela, j'avais encore des inquiétudes et je l'ai suivie en bicyclette. Elle avait de l'avance, toutefois, et avant que je l'aie rejointe, le mal était fait. La première chose que j'en ai su, c'est quand je vous ai vus, tous les deux, messieurs, revenir dans la charrette qui l'avait emmenée.

Holmes se leva et jeta le bout de sa cigarette dans l'âtre.

— J'ai été très obtus, Watson, me dit-il. Quand, dans votre rapport, vous m'avez dit que vous aviez vu le cycliste arranger, à ce que vous pensiez, sa cravate dans les buissons, ce seul fait aurait dû tout me révéler. Toutefois, nous pouvons nous féliciter d'avoir enquêté sur une affaire curieuse, et même, à certains points de vue, unique. J'aperçois trois policiers locaux qui arrivent par l'allée, et comme le petit valet d'écurie parvient à se maintenir à leur hauteur, il faut croire que, pas plus que notre si intéressant marié de ce matin, il ne gardera de traces permanentes de son aventure. Je crois, Watson, qu'en votre qualité de médecin vous pourriez vous occuper de Mlle Smith et lui dire que si elle est suffisamment remise nous serons heureux de l'accompagner jusque chez sa mère. Si sa convalescence n'est pas achevée, vous constaterez qu'il suffira de faire allusion à un télégramme que nous avons l'intention d'expédier à un jeune électricien des Midlands pour parachever la cure. Quant à vous, monsieur Carruthers, je considère que vous avez fait ce que vous pouviez pour racheter la part que vous aviez prise dans une ignoble machination. Voici ma carte, monsieur, et si mon témoignage peut vous être de quelque secours quand vous passerez devant les juges, je suis à votre disposition.

Dans l'incessant tourbillon de notre activité, il m'a souvent été difficile, ainsi que le lecteur a dû l'observer, de clore mes récits en donnant tous ces détails finaux que les gens curieux seraient en droit d'attendre. Chaque affaire préludait à une autre et, le dénouement atteint, ses acteurs disparaissaient à jamais de notre existence affairée. Je retrouve, néanmoins, un petit mot à la fin de celles de mes notes qui traitent de cette enquête. J'y ai consigné que Mlle Violette Smith a effectivement hérité d'une grosse fortune et qu'elle est maintenant l'épouse de Cyril Morton, fondateur de la maison d'électricité Morton et Kennedy, de

Westminster. Williamson et Woodley, poursuivis tous les deux pour rapt et sévices, ont récolté le premier sept ans, le second dix. Du sort de Carruthers je n'ai pas été informé, mais je suis sûr que la Cour n'a pas dû considérer avec beaucoup de sévérité son agression, car Woodley avait la réputation d'être un bandit des plus dangereux, de sorte que j'ai tout lieu de croire que quelques mois de prison suffirent à assouvir les exigences de la justice.

CHARLES AUGUSTE MILVERTON

Il y a des années que les incidents dont je vais faire le récit se sont déroulés, et pourtant j'hésite à en parler. Longtemps, il eût été impossible, même avec un maximum de discrétion et de réticences, de rendre les faits publics ; mais maintenant le principal intéressé est hors d'atteinte des lois humaines, et, avec les suppressions qui s'imposent, l'histoire peut être contée sans faire de tort à quiconque. Elle relate une expérience absolument unique dans la carrière de Sherlock Holmes aussi bien que dans la mienne. Le lecteur m'excusera de garder sous silence la date ou tout autre élément qui lui permettrait de retrouver les faits authentiques.

Sortis pour faire une longue promenade, Holmes et moi nous venions de rentrer vers six heures, par un glacial soir d'hiver. Quand Holmes alluma, la lumière éclaira une carte qui se trouvait sur la table. Il y jeta un coup d'œil, puis, avec une exclamation de dégoût, la jeta par terre. Je la ramassai et lus :

CHARLES AUGUSTE MILVERTON
APPLEDORE TOWERS
HAMPSTEAD
Agent

— Qui est-ce ? demandai-je.

— Le plus sale individu de Londres, répondit Holmes en s'asseyant et en allongeant ses jambes devant le feu. Y a-t-il quelque chose au dos de la carte ?

Je la retournai.

— « Passerai à 6 heures 30 - C.A.M. », déchiffrai-je.

— Hum ! C'est à peu près l'heure. Eprouvez-vous, Watson, une furtive sensation d'angoisse quand vous regardez, au zoo, les serpents, visqueux, rampants et venimeux, avec leurs yeux mauvais et impassibles et leurs têtes plates ? Eh bien, c'est l'impression que me fait Milverton. J'ai eu, dans ma carrière, affaire à cinquante assassins, mais le pire ne m'a jamais causé autant de répulsion que cet individu. Et pourtant, je ne puis faire autrement que de traiter avec lui : en fait, il vient à mon invite.

— Mais qui est-ce ?

— Je vais vous le dire, Watson : c'est le roi des maîtres chanteurs. Le ciel vienne en aide à l'homme, et encore plus à la femme dont le secret et la réputation tombent au pouvoir de Milverton ! Avec un visage souriant et un cœur de marbre, il les pressurera, encore et toujours, jusqu'à ce qu'il les ait mis à sec. Le gaillard est un génie, dans son genre, et il aurait pu se faire un nom dans un état plus reluisant. Sa méthode est la suivante : il laisse savoir qu'il est prêt à payer un très gros prix des lettres qui compromettent des gens fortunés ou en vue. Il reçoit ces marchandises non seulement de domestiques ou de bonnes indiscrètes, mais très souvent aussi de galants coquins qui ont su gagner la confiance et l'affection de femmes sans méfiance. Il n'est pas chiche. Je me trouve savoir qu'il a payé sept cents livres à un valet de pied un billet long de deux lignes et que la ruine d'une noble famille en fut le résultat. Tout ce qu'il y a sur le marché va à Milverton et il y a des centaines de personnes qui pâlissent à la seule mention de son nom. Personne ne sait où sa poigne peut s'appesantir car il est bien trop riche et bien trop roué pour travailler au jour le jour. Il conservera un atout des années afin de le jouer au moment où l'enjeu en vaut le plus la peine. J'ai dit que c'était le plus sale individu de Londres et je vous le demande : peut-on comparer l'apache qui, en fureur, assomme son pareil à cet homme qui, méthodiquement et tout à loisir, torture les âmes et brise les nerfs dans le seul but d'arrondir encore une fortune déjà copieuse ?

Je n'avais pas souvent entendu mon ami s'exprimer avant tant de chaleur.

— Mais enfin, dis-je, sûrement le gaillard tombe sous le coup de la loi.

— Techniquement, cela ne fait pas de doute, mais pas pratiquement. Quel profit retirerait une femme à lui procurer quelques mois de prison si sa ruine à elle doit immédiatement s'ensuivre ? Ses victimes n'osent pas riposter. Si jamais il faisait chanter une personne innocente, alors, oui, nous l'aurions ; mais il est aussi rusé que le Démon. Non, non, il faut que nous trouvions une autre façon de le combattre.

— Et qu'est-ce qu'il vient faire ici ?

— Il vient parce qu'une illustre cliente m'a confié ses pitoyables intérêts. C'est lady Brackwell, qui fut la plus jolie des jeunes filles qu'on présenta à la Cour la saison passée. Elle doit épouser dans quinze jours le comte de Dovercourt. Notre canaille détient plusieurs lettres imprudentes — imprudentes, Watson, rien de plus — qui furent écrites à un jeune seigneur désargenté de province. Elles suffiraient à faire briser le mariage. Milverton a l'intention d'envoyer les lettres au comte si on ne lui paie pas une très forte somme. On m'a chargé de le rencontrer et... d'obtenir les meilleures conditions possibles.

A cet instant, un bruit de sabots de chevaux et de roues de voiture retentit, en bas dans la rue. J'aperçus un majestueux équipage à deux chevaux. Les lanternes mettaient des reflets sur les croupes brillantes des alezans. Un laquais ouvrit la portière et un gros petit homme en pelisse d'astrakan descendit du véhicule. Une minute plus tard, il était dans notre pièce.

Charles Auguste Milverton était un homme de cinquante ans, avec une grosse tête d'intellectuel, un visage rond, imberbe et grassouillet, un éternel sourire figé et deux yeux verts très vifs qui brillaient derrière de larges lunettes d'or. Il y avait quelque chose de M. Pickwick dans la bienveillance de son aspect, gâchée seulement par la fausseté du sourire inamovible et par le reflet dur de ces yeux pénétrants qui ne cessaient de bouger. Sa voix était aussi douce et suave que son attitude lorsqu'il s'avança en tendant à Holmes une petite main potelée et en murmurant ses regrets de nous avoir ratés lors de sa première visite.

Holmes ne tint aucun compte de cette main tendue et le considéra d'un visage de granit. Le sourire de Milverton s'épanouit ; il haussa les épaules, ôta sa pelisse, la plia avec grand soin sur le dos d'une chaise, puis prit un siège.

— Ce monsieur, dit-il en m'indiquant du geste. Est-ce discret ? Est-ce bien... ?

— Le docteur Watson est mon ami et mon associé.

— Très bien, monsieur Holmes. Je ne protestais que

dans l'intérêt de votre cliente. La question est tellement délicate...

— Le docteur Watson est au courant.

— Alors, nous pouvons passer à nos affaires. Vous dites que vous agissez au nom de lady Eva. Vous a-t-elle donné tous pouvoirs d'accepter mes conditions ?

— Quelles sont vos conditions ?

— Sept mille livres.

— Et sans cela ?

— Mon cher monsieur, il m'est pénible d'en discuter ; mais si l'argent n'est pas payé le 14, il n'y aura certainement pas de mariage le 18.

Son insupportable sourire se fit plus satisfait que jamais. Holmes réfléchit un instant.

— Vous me semblez, dit-il enfin, trop considérer la rupture comme acquise d'avance. Je suis, naturellement, renseigné sur le contenu des lettres. Ma cliente fera, c'est certain, ce que je lui conseillerai. Je la pousserai à tout raconter au comte et à s'en remettre à sa grandeur d'âme.

— On voit que vous ne connaissez pas le comte, dit Milverton avec un petit rire.

L'air déconcerté de Holmes révélait qu'au contraire il n'était que trop fixé sur le caractère du futur.

— Quel mal y a-t-il, dans ces lettres ? demanda-t-il.

— Elles sont enjouées... très enjouées, répondit Milverton. La jeune personne était une délicieuse épistolière. Mais je puis vous assurer que le comte de Dovercourt ne les goûterait pas. Toutefois, puisque vous êtes d'un autre avis, n'en parlons plus. Si vous croyez préférable, pour les intérêts de votre cliente, que ces lettres soient placées entre les mains du comte, alors vous seriez certes bien sot de payer une aussi grosse somme pour les récupérer.

Il se leva et reprit sa pelisse d'astrakan. Holmes était gris de colère et de mortification.

— Attendez un instant, dit-il. Vous allez trop vite. Nous ferons certainement tous nos efforts pour éviter le scandale à propos d'un sujet aussi délicat.

Milverton se rassit.

— J'étais sûr que vous verriez la chose sous cet angle, ronronna-t-il.

— Toutefois, poursuivit Holmes, lady Eva n'est pas riche. Je vous assure que deux mille livres tariraient ses ressources et que la somme que vous mentionnez est totalement au-delà de ses moyens. Je vous prie, par conséquent, de réduire vos exigences et de restituer les lettres au prix que je vous indique, qui, je vous l'assure, est le plus élevé que vous puissiez obtenir.

Le sourire de Milverton se fit plus large et ses yeux pétillèrent d'amusement.

— Je sais que ce que vous dites des ressources de la dame est exact, dit-il. Néanmoins, vous admettrez que c'est tout à fait le moment, à l'occasion de son mariage, pour ses parents et ses amis, de faire un petit effort en sa faveur. Il se peut qu'ils hésitent sur la nature du cadeau à lui offrir. Assurez-les de ma part que ce petit paquet de lettres lui fera plus plaisir que tous les candélabres et tous les beurriers de Londres.

— C'est impossible, dit Holmes.

— Ah la la ! quel dommage ! gémit Milverton en tirant de sa poche un portefeuille rebondi. Je ne peux pas m'empêcher de penser que les dames sont mal conseillées quand elles ne font pas un effort. Regardez-moi ça ! — Il brandit un petit billet sur l'enveloppe duquel se voyaient des armes. — Cela appartient à... enfin, il n'est peut-être pas équitable de le dire avant demain matin. Mais à ce moment-là, ça se trouvera entre les mains du mari de la dame. Et tout cela parce qu'elle ne veut pas trouver la misérable somme qu'elle se procurerait en une heure en changeant ses diamants contre des imitations. Vraiment, ça fait pitié. Maintenant, vous vous rappelez la soudaine façon dont ont été rompues les fiançailles entre miss Miles et le colonel Dorking ? Tout juste deux jours avant le mariage, une note dans le *Morning Post* pour dire que rien ne va plus. Et pourquoi ? c'est à n'y pas croire, mais la somme ridicule de douze cents livres aurait réglé toute la question. Est-ce que ça ne fait pas pitié ? Et voilà que je vous trouve, vous, un homme de bon sens, en train de vous effarer de mes conditions quand l'honneur et l'avenir de votre cliente sont en jeu. Vous me surprenez, monsieur Holmes.

— Ce que je dis est vrai, répondit Holmes. L'argent ne peut être trouvé. Tout de même, il est préférable pour vous de prendre la somme considérable que je vous propose que de ruiner la vie de cette dame, ce dont vous ne pouvez tirer aucun profit.

— C'est là que vous faites erreur, monsieur Holmes. Le scandale me sera, indirectement, des plus profitables. J'ai huit ou dix affaires analogues qui sont en train de mûrir. Si cela se dit, parmi les intéressées, que j'ai fait un sévère exemple en la personne de lady Eva, je les trouverai toutes bien plus accessibles à la raison. Vous voyez mon point de vue ?

Holmes se leva d'un bond.

— Passez derrière le fauteuil, Watson. Ne le laissez pas sortir. Maintenant, monsieur, faites voir le contenu de ce carnet.

Milverton s'était faufilé, aussi prompt qu'un rat, sur le côté de la pièce et là, il s'adossa au mur.

— Monsieur Holmes, monsieur Holmes ! dit-il en ouvrant son veston et en exhibant la crosse d'un gros revolver qui dépassait de la poche intérieure. Je m'attendais que vous tentiez au moins quelque chose d'original. Ça, on me l'a déjà fait vingt fois et à quoi voulez-vous que ça mène ? Je vous assure que je suis armé jusqu'aux dents et parfaitement prêt à me servir de mes armes, car la loi m'y autorise. D'autre part, la supposition que je pourrais apporter les lettres ici est totalement erronée. Pas si bête ! Et maintenant, messieurs, j'ai un ou deux petits rendez-vous ce soir et la route est longue, d'ici Hampstead.

Il fit un pas en avant, prit sa pelisse, porta la main à son revolver et se tourna vers la porte. J'empoignai une chaise, mais Holmes me fit signe que non et je la reposai. Avec un profond salut, un sourire et un clin d'œil, Milverton sortit et un instant plus tard nous entendions claquer la portière de sa voiture, puis le fracas des roues qui s'éloignaient.

Holmes resta assis près du feu ; immobile, les mains enfoncées dans les poches de son pantalon, le menton sur la poitrine, il regardait les braises rougeoyantes. Pendant une demi-heure, il demeura sans rien dire et sans bouger. Puis, comme un homme qui vient de prendre une décision, il se leva et passa dans sa chambre. Un peu après, un jeune ouvrier déluré avec une barbiche et crânant un peu alluma sa pipe en terre avant de prendre le chemin de la rue. « Je reviendrai tôt ou tard, Watson », dit-il, avant de disparaître dans la nuit. Je compris qu'il partait en campagne contre Charles Auguste Milverton ; mais je ne me doutais guère de l'étrange tournure que devait prendre cette campagne.

Pendant quelques jours, Holmes ne cessa d'aller et venir en cette tenue, mais, en dehors de la remarque qu'il passait son temps à Hampstead, et qu'il ne le perdait pas, je ne sus rien de ce qu'il faisait. Enfin, tout de même, par un soir de furieuse tempête où le vent hurlait en secouant les vitres, il revint de sa dernière expédition et, après avoir ôté son déguisement, s'assit devant le feu et se mit à rire cordialement, bien que sans bruit et en dedans, comme c'était son habitude.

— Diriez-vous que je suis homme à me marier, Watson ?

— Certes non !

— Cela vous intéressera certainement d'apprendre que je suis fiancé.

— Mon cher ami ! mes félicit...

— A la bonne de Milverton.

— Juste ciel !

— Il me fallait des renseignements, Watson.

— Vous êtes tout de même allé un peu loin, dites ?

— C'était nécessaire. Je suis un plombier, à la tête d'une maison qui commence à marcher. Je m'appelle Escott. Je suis sorti avec elle tous les soirs et on a causé. Seigneur, quelles conversations ! Quoi qu'il en soit, j'ai eu tout ce qu'il me fallait. Je connais la maison de Milverton aussi bien que le creux de ma main.

— Mais la fille, Holmes ?

— On n'y peut rien, mon cher, dit-il avec un haussement d'épaules. Il faut jouer ses cartes de son mieux quand il y a sur la table un pareil enjeu. Je suis d'ailleurs heureux de dire que j'ai un rival abhorré qui me supplantera sitôt que j'aurai le dos tourné. Quelle nuit magnifique !

— Ce temps-là vous plaît ?

— Il me convient, Watson, j'ai l'intention de cambrioler la maison de Milverton ce soir.

J'eus le souffle coupé par ces paroles qui me firent passer un frisson. Holmes les avait prononcées lentement et d'un ton résolu. De même qu'un éclair dans la nuit montre en un instant chaque détail du paysage, ainsi, en un clin d'œil, il me sembla voir toutes les conséquences possibles d'un pareil acte : Holmes surpris, capturé, et cette carrière glorieuse s'achevant dans l'échec et dans la honte, avec mon ami tombé à la merci de l'odieux Milverton.

— Je vous en supplie, Holmes, réfléchissez à ce que vous faites ! m'écriai-je.

— Mon cher, j'ai mûrement considéré la chose. Je n'agis jamais précipitamment, et je n'adopterais pas un procédé aussi catégorique et, effectivement, aussi dangereux si un autre était possible. Envisageons froidement l'affaire : je suppose que vous admettez que l'acte est justifié, bien que, techniquement, il soit criminel. Cambrioler sa maison n'est pas pire que lui prendre de force son portefeuille — un geste auquel vous étiez prêt à m'aider.

— Oui, dis-je après réflexion. Cela se justifie, moralement, aussi longtemps que notre dessein est de ne rien dérober en dehors des objets qu'il emploie dans des buts illégaux.

— Exactement. Puisque cela peut se justifier moralement, je n'ai plus à envisager que la question de mes risques personnels. Tout de même, un homme du monde ne peut pas faire grand cas de ceux-ci quand une dame a un besoin désespéré de son aide ?

— Vous allez vous trouver dans une position tellement fausse !

— Cela fait partie du risque. Il n'y a pas d'autre moyen de récupérer ces lettres. La malheureuse n'a pas la somme et il n'y a personne de sa famille à qui elle puisse se confier. Le délai de grâce expire demain, et, à moins que nous ne nous procurions les lettres ce soir, cette canaille tiendra parole et brisera la vie de ma cliente. Je suis donc forcé, ou bien de l'abandonner à son sort, ou bien de jouer cette ultime carte. Entre nous, Watson, c'est un match entre ce Milverton et moi. Il a, comme vous avez pu le voir, eu le dessus dans les premiers échanges ; aussi mon respect de moi-même et ma réputation réclament-ils que le combat se déroule au finish.

— Eh bien, ça ne me plaît pas, mais je suppose qu'il faut qu'il en soit ainsi, dis-je. Quand partons-nous ?

— Vous ne venez pas.

— Alors, vous n'y allez pas, répondis-je. Je vous donne ma parole d'honneur — et je l'ai toujours tenue — que je vais prendre un fiacre jusqu'au commissariat pour vous dénoncer si vous ne me laissez pas partager cette aventure.

— Vous ne pouvez m'être d'aucune utilité.

— Qu'en savez-vous ? Vous ne savez pas ce qu'il peut

arriver. En tout cas, ma résolution est prise. Il y en a d'autres que vous qui ont le respect d'eux-mêmes et aussi des réputations à maintenir.

Holmes avait paru ennuyé, mais son visage s'éclaira et il me frappa sur l'épaule.

— Allons, allons, mon vieux, qu'il en soit comme vous le voulez ! Nous avons partagé la même chambre pendant des années et ce serait amusant si nous finissions par partager la même cellule. Vous savez, Watson, je ne crains pas de vous confesser que j'ai toujours eu l'idée que j'aurais fait un criminel hautement efficace. Sous ce rapport, j'ai ce soir l'occasion de ma vie. Regardez-moi ça ! — Il prit, dans un tiroir, une belle petite mallette en cuir et l'ouvrit pour me montrer un certain nombre d'instruments brillants. — J'ai là une trousse de cambrioleur dernier cri, avec pince-monseigneur nickelée, coupe-verre à pointe de diamant, clés ajustables et tous les perfectionnements modernes qu'exige le progrès de la civilisation. Voici aussi ma lanterne sourde. Le tout en ordre de marche. Avez-vous des chaussures qui ne fassent pas de bruit ?

— J'ai des souliers de tennis à semelles de caoutchouc.

— Parfait. Et un masque ?

— Je puis en tailler une paire dans de la soie noire.

— Je vois que vous avez un puissant penchant naturel pour ce genre d'exercice. Très bien ; faites-les donc, ces masques. Nous prendrons un peu de souper froid avant de partir. Il est neuf heures et demie. A onze heures, nous nous ferons conduire à Church Row. De là, il y a un quart d'heure de marche jusqu'à Appledore Towers. Nous serons au travail avant minuit. Milverton a le sommeil pesant et se couche ponctuellement à dix heures trente. Avec un peu de chance, nous reviendrons ici pour deux heures, avec les lettres de lady Eva dans ma poche.

Nous passâmes nos costumes de soirée, de façon à avoir l'air de deux messieurs qui, sortant du théâtre, rentraient chez eux. Dans Oxford Street, nous prîmes une voiture qui nous mena à une adresse de Hampstead. Là nous payâmes le fiacre et, avec nos manteaux boutonnés — car il faisait un froid glacial et le vent semblait nous transpercer —, nous poursuivîmes notre route à pied.

— L'affaire réclame d'être menée avec délicatesse, m'exposa Holmes. Ces documents sont à l'intérieur d'un coffre, dans le bureau de notre homme ; or le bureau mène à sa chambre à coucher. En revanche, comme tous ces petits gros qui se soignent bien, c'est un dormeur pléthorique. Agathe — c'est ma fiancée — dit qu'on se moque toujours à l'office du mal qu'on a à réveiller le patron. Il a un secrétaire qui lui est tout dévoué et qui ne quitte pas le bureau de la journée. Ce pourquoi nous y allons la nuit. En outre, il a un animal de chien qui rôde dans le jardin. J'ai retrouvé Agathe tard ces deux derniers soirs, ce qui fait qu'elle boucle la bête de façon que j'aie le champ libre. Voilà la maison — la grande, là, avec son jardin. Par la grille... puis à droite, dans les lauriers. On pourrait mettre nos masques ici, je crois. Comme vous voyez, pas un brin de lumière à aucune des fenêtres, tout marche à merveille.

Avec nos deux camouflages de soie noire qui faisaient de nous deux des plus pittoresques silhouettes de Londres, nous nous glissâmes à l'intérieur de la maison silencieuse et morose. Une sorte de véranda couverte en tuiles s'étendait le long d'un des côtés, coupée de plusieurs fenêtres et de deux portes.

— Cette porte est celle de sa chambre à coucher, murmura Holmes. Cette porte-ci donne droit dans le bureau. Elle nous conviendrait le mieux, mais elle est fermée au verrou en même temps qu'à clé et nous ferions trop de bruit pour entrer. Venez par ici. Il y a une serre qui donne dans le salon.

Elle était close, mais Holmes découpa un cercle dans la vitre et tourna la clé au-dedans. L'instant d'après il avait refermé la porte derrière nous et nous étions devenus des criminels aux yeux de la loi. L'air lourd et chaud de la serre, en même temps que l'étouffant et riche parfum des plantes exotiques, nous saisit à la gorge. Empoignant ma main, Holmes m'entraîna dans l'obscurité et me fit passer le long d'une bordure de plantes qui nous frôlaient le visage. Holmes possédait le don remarquable et minutieusement entraîné d'y voir dans l'obscurité. Toujours tenant ma main, il ouvrit une porte et j'eus vaguement conscience que nous venions d'entrer dans une pièce où on avait fumé un cigare peu auparavant. Il se dirigea à tâtons parmi les meubles et ouvrit une autre porte qu'il referma sur nous. En avançant la main, je sentis des pardessus pendus au mur et me rendis compte que c'était un couloir. Nous le suivîmes et Holmes, très doucement, ouvrit une porte sur la droite. Quelque chose se jeta dans nos jambes et j'eus l'impression que mon cœur cessait de battre, mais j'aurais presque ri quand je m'aperçus que c'était un chat. Dans cette nouvelle pièce, un feu brûlait et, là encore, l'air était surchargé de fumée de tabac. Holmes entra sur la pointe des pieds, attendit que j'aie suivi, puis, sans bruit, referma la porte. Nous étions dans le bureau de Milverton et une portière, sur le mur d'en face, indiquait l'entrée de sa chambre à coucher.

Le feu, flambant bien, illuminait toute la pièce. Près de la porte, j'aperçus le reflet d'un commutateur électrique, mais il eût été superflu — à supposer que c'eût été sans risques — de le tourner. D'un côté de la cheminée, il y avait un gros rideau qui recouvrait la baie que nous avions vue du dehors. De l'autre côté se trouvait la porte qui communiquait avec la véranda. Un bureau trônait au centre, avec un fauteuil tournant en cuir rutilant. En face, une vaste bibliothèque était surmontée d'un buste d'Athéna. Dans le coin, entre ce meuble et le mur, se voyait un haut coffre-fort vert, dont le feu faisait étinceler les boutons en cuivre poli. Holmes, d'un pas léger, alla le regarder. Puis il s'approcha de la porte de la chambre à coucher et, la tête inclinée, écouta attentivement. Pas un son ne venait du dedans. Cependant, songeant qu'il serait sage d'assurer notre retraite par la porte donnant dans la véranda, je l'examinai et, à ma grande stupéfaction, ne la trouvai ni fermée à clé, ni verrouillée. Je touchai le coude de Holmes qui tourna dans cette direction son visage masqué. Il eut un haut-le-corps, qui me révéla qu'il était aussi surpris que moi.

— Ça ne me plaît pas, chuchota-t-il en mettant ses lèvres tout contre mon oreille. Je ne vois pas bien ce que cela signifie. Quoi qu'il en soit, il n'y a pas de temps à perdre.

— Puis-je vous aider ?

— Oui. Tenez-vous près de la porte. Si vous entendez qu'on vient, fermez-la du dedans, et nous pourrons filer par où nous sommes venus. Si on vient de l'autre côté, nous pouvons passer par la porte si nous avons fini, ou nous cacher derrière ces rideaux de fenêtre si nous avons encore à faire. Compris ?

J'acquiesçai et me plantai près de la porte. Mon premier

sentiment de crainte était parti et je vibrais maintenant de plus d'ardeur que je n'en avais jamais éprouvé lorsque nous étions les défenseurs de la loi au lieu d'être ceux qui l'enfreignaient. Le but élevé de notre mission, la conscience qu'elle était généreuse et chevaleresque, la fourberie de notre adversaire, tout venait s'ajouter à l'intérêt sportif de l'entreprise. Loin de me sentir coupable, je me réjouissais et j'exultais des dangers courus. Tout réchauffé d'admiration, je regardais Holmes déballer son étui d'instruments et choisir son outil avec la précision calme et scientifique d'un chirurgien effectuant une opération délicate. Je savais que l'ouverture des coffres-forts était l'un de ses dadas et je comprenais la joie que cela lui causait de se mesurer avec ce monstre vert et or, qui, tel un dragon, tenait en ses griffes la réputation de maintes belles dames. Retroussant les manches de son habit — il avait posé son pardessus sur une chaise —, Holmes prépara deux vrilles, une pince-monseigneur et plusieurs fausses clés. Je me tenais à la porte du milieu, mes yeux regardant à tour de rôle chacune des autres entrées, prêt à toute éventualité, bien que mes plans concernant ce que je ferais si nous étions interrompus demeurassent assez nébuleux.

Pendant une demi-heure, Holmes travailla avec une énergie concentrée, posant un outil, en prenant un autre et les manipulant tous avec l'adresse et le doigté d'un mécanicien consommé. Finalement, j'entendis un déclic, la massive porte verte s'ouvrit et, à l'intérieur, j'aperçus un certain nombre de liasses de papiers attachés, scellées et portant une inscription. Holmes en choisit une, mais il lui était difficile de lire à la lumière du feu pétillant et il sortit sa petite lanterne sourde car il était trop dangereux, avec Milverton dans la pièce à côté, d'allumer. Soudain, je le vis s'arrêter, tendre l'oreille, puis, en un clin d'œil, il repoussa la porte du coffre, prit son manteau, fourra ses outils dans ses poches et se jeta derrière les tentures de la fenêtre en me faisant signe de l'imiter.

Ce ne fut que lorsque je l'y eus rejoint que j'entendis ce qui avait alerté ses sens plus exercés. On faisait du bruit quelque part dans la maison. Une porte claqua à quelque distance. Puis un son vague et confus se mua en un bruit de pas lourds et réguliers qui s'approchaient rapidement.

Ils atteignirent le couloir devant la pièce, s'arrêtèrent devant la porte. Celle-ci s'ouvrit. Le déclic d'un commutateur, et la lumière se fit. La porte se referma et le fumet âcre d'un cigare très fort vint jusqu'à nos narines. Puis les pas reprirent, de gauche à droite et de droite à gauche, à quelques mètres de nous. Enfin, ce fut le bruit d'un siège qui craque et les pas cessèrent. Puis une clé joua dans une serrure et j'entendis un froissement de papiers. Jusqu'alors je n'avais pas osé regarder, mais cette fois j'écartai doucement les rideaux devant moi et guettai par l'ouverture. L'épaule de Holmes, pressée contre la mienne, me révéla qu'il observait aussi. Juste devant nous, et presque à notre portée, je voyais le large dos arrondi de Milverton. Il devenait évident que nous avions fait une complète erreur de calculs à l'égard de ses actes et que bien loin de se coucher, il avait dû veiller au fumoir ou dans la salle de billard, dans l'autre aile de la maison, celle dont les fenêtres ne nous étaient pas visibles. Sa grosse tête grise, avec sa calvitie luisante, constituait le premier plan de ce que nous découvrions. Il était renversé très en arrière dans son fauteuil de cuir rouge, les jambes écartées, un long cigare noir partant en biais de sa bouche. Il portait une veste d'intérieur de coupe semi-militaire, bordeaux avec un col de velours noir. Il tenait un grand papier d'affaires qu'il lisait avec indolence, tout en rejetant de sa bouche des volutes de fumée. Sa tranquillité et le confort de sa position ne semblaient pas promettre un départ prochain.

Holmes glissa sa main dans la mienne et me la serra d'une façon rassurante, comme pour me dire que la situation ne le dépassait pas et qu'il n'était pas inquiet. Je n'étais pas sûr qu'il avait vu ce qui, de ma place, n'était que trop visible — que la porte du coffre était mal fermée et que Milton pouvait à n'importe quel moment s'en apercevoir. En moi-même, j'avais résolu que si la fixité de son regard me donnait la certitude qu'il l'avait vu, je bondirais sur-le-champ, lui jetterais mon manteau par-dessus la tête, le garrotterais et m'en remettrais pour le reste à Holmes. Mais Milverton ne leva pas les yeux. Languissamment intéressé par les documents qu'il tenait, il tournait page après page pour y suivre les arguments que développait je ne sais quel légiste. Du moins, me disais-je, quand il aura fini sa lecture et son cigare, il ira se coucher ; mais, avant la fin des deux, la situation évolua d'une façon remarquable et qui tourna nos pensées dans une tout autre direction.

J'avais remarqué que Milverton avait, à plusieurs reprises, regardé sa montre et qu'une fois il s'était levé, puis rassis, en un geste d'impatience. L'idée, toutefois, qu'il pût avoir un rendez-vous à une heure aussi étrange ne me vint que quand j'entendis un faible bruit au-dehors, sous la véranda. Milverton laissa tomber ses papiers et se dressa tout droit dans son fauteuil. Le bruit se répéta, puis on frappa doucement à la porte. Milverton se leva et l'ouvrit.

— Eh bien, dit-il sèchement, vous avez presque une demi-heure de retard.

C'était donc pour cela que la porte n'était pas fermée et que Milverton veillait. On entendit un frou-frou de robe. J'avais rapproché les rideaux lorsque le visage de Milverton s'était tourné de notre côté, mais maintenant je me risquai avec mille précautions à les rouvrir. Il avait repris son fauteuil et le cigare, au même angle insolent, était toujours piqué dans sa bouche. Devant lui, directement sous la lampe électrique, une femme était debout; grande, brune et mince, elle portait une voilette et son manteau l'enveloppait jusqu'au menton. Son souffle était court et rapide et sa mince silhouette semblait trembler d'une vive émotion.

— Eh bien, dit Milverton, vous m'avez fait perdre une nuit de sommeil, ma chère. J'espère que vous en vaudrez la peine. Vous ne pouviez pas venir à n'importe quel autre moment, hein? Non? Eh bien, si vous ne pouviez pas, tant pis. Si la comtesse est dure avec ceux qui la servent, voici l'occasion de vous venger d'elle. Ma pauvre fille, mais qu'est-ce qui vous fait frissonner? Allons, remettez-vous! Parlons de nos affaires. — Il prit un billet dans le tiroir de son bureau. — Vous me dites que vous avez cinq lettres compromettantes pour la comtesse d'Albert. Vous voulez les vendre. Moi, je veux les acheter. Jusqu'ici, ça va. Il ne reste qu'à fixer un prix. Il faudrait que j'examine les lettres, naturellement. Si ce sont vraiment de bons spécimens... Mon Dieu, c'est vous?

La femme, sans mot dire, avait relevé sa voilette et dégagé son menton de son col. C'était une belle brune aux traits réguliers. Dans son visage au nez aquilin, les yeux étincelaient sous les sourcils noirs et la bouche mince était figée en un sourire menaçant.

— C'est moi, dit-elle, dressée devant Milverton. La femme dont vous avez brisé la vie.

Milverton se mit à rire, mais sa voix tremblait de crainte.

— Vous avez été d'une telle obstination, dit-il. Pourquoi m'avoir réduit à de telles extrémités ? Je vous assure que de mon propre chef, je ne ferais pas de mal à une mouche, mais chacun a ses affaires et que fallait-il que je fasse ? J'avais fixé un prix tout à fait à votre portée. Vous n'avez pas voulu payer.

— Si bien que vous avez expédié les lettres à mon mari et que lui — l'homme le plus noble qui ait jamais vécu, un homme dont je n'étais pas digne de lacer les chaussures — il en est mort, son cœur magnanime brisé. Vous vous rappelez ce dernier soir où je suis venue, par cette porte, vous supplier, implorer votre pitié et que vous m'avez ri au nez, comme vous essayez de rire maintenant, n'était que votre cœur de lâche ne peut pas empêcher vos lèvres de frémir ? Oui ; vous ne pensiez jamais me revoir ici, mais c'est cette nuit-là qui m'a enseigné que je pouvais vous rencontrer face à face et seul. Eh bien, qu'en dites-vous, Charles Milverton ?

— Ne vous imaginez pas que vous pouvez m'injurier, dit-il en se levant. Je n'ai qu'à élever la voix pour appeler mes domestiques et vous faire arrêter. Mais je tiens compte de votre courroux bien naturel. Sortez immédiatement d'ici comme vous y êtes venue et ça n'ira pas plus loin.

La femme restait immobile, une main cachée dans son corsage et toujours avec le même mortel sourire sur ses lèvres minces.

— Vous ne briserez plus de vies comme vous avez brisé la mienne. Vous ne torturerez plus de cœurs comme vous avez torturé le mien. Je vais débarrasser le monde d'une bête venimeuse. Tenez, chien, voilà pour vous !... et ça encore... et ça... et ça... et ça !

Elle avait sorti un petit revolver étincelant et elle en vidait tout le barillet dans le corps de Milverton dont le plastron n'était pas à un demi-mètre du canon. Il se recula, s'effondra la face en avant sur la table en toussant furieusement et en agitant parmi les papiers ses doigts comme des griffes. Chancelant, il se redressa, reçut une balle encore et roula sur le sol. « Vous m'avez tué ! » s'écria-t-il, puis il cessa de bouger. La femme le considéra avec attention et lui donna un coup de talon dans le visage. Elle regarda de nouveau, vit qu'il ne bougeait plus. J'entendis un frou-frou agité, une bouffée d'air du dehors entra dans la pièce et la justicière disparut.

Nulle intervention de notre part n'aurait pu épargner son sort à Milverton ; pourtant, quand la femme vidait son revolver dans ce corps qui se repliait sur lui-même, je fus sur le point de bondir, mais je sentis la poigne froide et ferme de Holmes sur mon poignet. Je compris tout ce que faisait valoir cette main qui me retenait — que l'affaire tout entière ne nous regardait pas, que la justice immanente avait rejoint la canaille ; que nous avions nos propres missions et objectifs qu'il ne fallait pas perdre de vue. Mais à peine la femme se fut-elle précipitée hors de la pièce que Holmes, rapidement et sans bruit, gagnait l'autre porte. Il en tourna la clé dans la serrure. Au même instant, on entendit, dans la maison, des voix et des pas précipités. Les coups de revolver avaient réveillé les domestiques. Avec un calme parfait, Holmes alla jusqu'au coffre, prit à pleine brassée les liasses de lettres et les déversa dans le feu. Il renouvela ce geste jusqu'à ce que le coffre fût vide. Quelqu'un tourna la poignée de la porte et cogna au panneau. Holmes jeta un regard rapide autour de lui. La lettre qui avait, pour Milverton, été l'annonciatrice de la mort se trouvait sur la table, toute tachetée de son sang. Holmes la jeta dans le brasier de documents. Puis, ôtant la clé de la porte qui donnait sur le dehors, il sortit derrière moi et referma la porte de l'extérieur.

— Par ici, Watson, dit-il, nous allons escalader le mur dans cette direction.

Je n'aurais pas cru qu'une alarme pût se répandre aussi promptement. En regardant derrière nous, la maison entière était illuminée. La grande porte était ouverte et des gens s'élançaient dans l'allée centrale. Tout le jardin bourdonnait de monde et un type nous repéra en braillant comme nous sortions de la véranda et s'élança à nos trousses. Holmes semblait connaître les lieux à la perfection et il se faufila à vive allure dans un plant de petits arbres, avec moi sur ses talons et le premier de nos poursuivants pantelant derrière nous. Le mur qui nous barrait le chemin faisait bien un mètre quatre-vingts, mais Holmes fut, d'un bond, dessus puis de l'autre côté. Pendant que j'en faisais autant, je sentis la main de l'homme qui me suivait m'empoigner par la cheville ; je me dégageai d'un coup de pied et me retrouvai à quatre pattes sur une crête hérissée de tessons. Je retombai sur le visage dans les buissons d'en dessous ; Holmes me remit sur pied aussitôt et ensemble nous prîmes la fuite dans les immenses étendues de la lande de Hampstead. Nous avions bien fait trois kilomètres en courant quand Holmes enfin s'arrêta et tendit l'oreille. Derrière nous, tout n'était plus que silence. Débarrassés de nos poursuivants, nous étions en sûreté.

Nous venions de déjeuner et nous fumions notre première pipe le lendemain de l'aventure que je viens de narrer quand M. Lestrade, de Scotland Yard, fort solennel et impressionnant, fit son entrée dans notre modeste domicile.

— Bonjour, monsieur Holmes, dit-il, bonjour. Puis-je vous demander si vous êtes occupé pour le moment ?

— Pas au point que je ne puisse vous écouter.

— Je pensais que peut-être, si vous n'aviez rien en train de spécial, cela vous amuserait de venir nous aider dans une affaire fort remarquable qui s'est produite la nuit dernière seulement à Hampstead.

— Ah bah ! fit Holmes. Laquelle donc ?

— Un meurtre. Très dramatique et très remarquable. Je sais combien ces histoires-là vous passionnent et vous nous rendriez un très grand service si vous faisiez un saut jusqu'à Appledore Towers pour que nous profitions de vos conseils. Ce n'est pas un crime ordinaire. Nous tenions M. Milverton à l'œil depuis un certain temps, et, entre nous, il était pas mal canaille. On sait qu'il détenait des papiers dont il se servait pour des chantages. Tous ces documents ont été brûlés par les assassins. On n'a pas dérobé un seul objet de valeur, de sorte qu'il est probable que les criminels étaient des gens ayant une belle situation et dont le seul dessein était d'empêcher des révélations.

— Les criminels ! s'exclama Holmes. Au pluriel !

— Oui, ils étaient deux. Ils furent, à bien peu de chose près, pris sur le fait. Nous possédons leurs empreintes de pas et leur signalement ; il y a dix chances contre une que nous les retrouverons. Le premier était un peu trop mobile, mais le second a été rattrapé par l'aide-jardinier et il ne s'est échappé qu'en se débattant. Il était de taille moyenne, solide..., la mâchoire carrée, le cou court, de la moustache et un masque sur les yeux.

— C'est plutôt vague, dit Sherlock Holmes. Comment, mais ça pourrait être une description de Watson!

— C'est vrai, dit l'inspecteur, très amusé, que ça pourrait être le signalement de Watson.

— Eh bien, je regrette, mais je ne peux pas vous venir en aide, Lestrade, dit Holmes. Le fait est que je connaissais ce nommé Milverton, que je le considérais comme l'un des plus dangereux criminels de Londres et que j'estime qu'il y a certains crimes contre lesquels la loi ne peut rien et qui, par conséquent, justifient dans une certaine mesure les vengeances particulières. Non, inutile d'insister, ma décision est prise: ma sympathie, en l'occurrence, va aux assassins plutôt qu'à la victime et je ne me chargerai pas de l'enquête.

Holmes ne m'avait pas dit un mot au sujet de la tragédie dont nous avions été les témoins, mais j'avais constaté, toute la matinée, qu'il était profondément absorbé et qu'il donnait l'impression, par son air distrait et ses yeux vagues, d'un homme qui s'efforce de ramener quelque chose à sa mémoire. Nous étions en train de déjeuner quand il se leva tout à coup.

— Bon sang! Watson, j'y suis! s'écria-t-il. Prenez votre chapeau et venez avec moi.

Il m'emmena à toute allure par Baker Street, puis Oxford Street, presque jusqu'au carrefour de Regent Street. Un peu avant celui-ci, il y a une vitrine remplie de photographies des célébrités et des beautés du moment. Les yeux de Holmes se fixèrent sur l'une d'elles, et, suivant la direction de son regard, je vis l'image en robe de cour d'une femme qui avait grande allure et dont la noble tête s'ornait d'une haute tiare de diamants. Je regardai ce nez légèrement busqué, ces sourcils accusés, cette bouche mince et, en dessous, le menton petit mais volontaire. Puis je retins mon souffle en lisant le titre séculaire et révéré du grand seigneur et homme d'Etat dont elle avait été l'épouse. Mes yeux croisèrent ceux de Holmes et il posa un doigt sur ses lèvres en même temps que nous nous détournions de la vitrine.

LE *GLORIA SCOTT*

— J'ai là, Watson, me dit mon ami Sherlock Holmes, un soir d'hiver où nous étions assis de chaque côté du feu, quelques papiers sur lesquels ce ne serait point, je crois, perdre votre temps que de jeter un coup d'œil. Ce sont les documents de l'extraordinaire affaire du *Gloria Scott* et voici la lettre qui frappa à mort le juge de paix Trévor, tant sa lecture lui inspira d'horreur.

Il avait sorti d'un tiroir un petit rouleau de papier terni ; il en défit le ruban et me tendit une note brève, griffonnée sur une demi-feuille de papier gris ardoise. En voici le texte :

« La commande gibier partie pour Londres est peut-être perdue. Garde-chasse Hudson ramassant lapins a tout levé, tout, comme on dit, leur conseillant : Sauvez garde-meubles votre dernière assurance-vie... »

En levant les yeux de ce message énigmatique je vis Holmes rire sous cape de l'expression qu'il lisait sur mon visage.

— Je ne peux voir comment un tel message a pu inspirer de l'horreur. Il me paraît plutôt grotesque qu'autre chose.

— C'est très probable. Pourtant le fait demeure que celui qui le lut, et qui était un beau et robuste vieillard, fut abattu aussi raide par ce message que si ç'avait été une balle de revolver.

— Vous piquez ma curiosité ; mais pourquoi m'avez-vous dit tantôt qu'il y avait des raisons très particulières pour que j'étudie cette affaire ?

— Parce que c'est la première dont je me suis occupé.

Je m'étais souvent efforcé d'apprendre de mon compagnon ce qui avait tout d'abord tourné son esprit vers la recherche du crime, mais je ne l'avais jamais pris en veine de confidences. Cette fois il était assis dans son fauteuil, le buste penché en avant, et il étendait les documents sur ses genoux. Il alluma sa pipe, resta quelques instants à fumer en silence et à retourner ses documents.

— Vous ne m'avez jamais entendu parler de Victor Trévor ? demanda-t-il. Il fut le seul ami que j'eus pendant mon séjour à l'université ; je n'ai jamais été un bonhomme très sociable, Watson, j'aimais assez rêvasser dans ma chambre tout en perfectionnant mes méthodes à moi de penser, si bien que je ne me suis jamais beaucoup mêlé aux étudiants de ma promotion. A part l'escrime et la boxe, je n'avais guère de goûts pour les sports, et en outre, mon genre d'études était tout à fait différent de celui des autres, de sorte que nous n'avions aucun point de contact. Trévor est le seul étudiant que j'ai connu et cela seulement par le fait qu'accidentellement la mâchoire de son bull s'était congelée sur ma cheville alors que j'allais à la chapelle.

Ce fut une façon prosaïque de former une amitié, mais elle fut efficace. Je dus garder la chambre pendant dix jours et Trévor venait prendre de mes nouvelles. Tout d'abord ce ne fut qu'un bavardage de quelques minutes, mais bien vite ses visites se prolongèrent et, avant la fin du trimestre, nous étions d'intimes amis. C'était un garçon vigoureux, au sang chaud, plein d'entrain et d'énergie, exactement le contraire de moi-même sous beaucoup de rapports ; mais nous nous étions découvert quelques points communs, et ce fut un lien qui nous attacha l'un à l'autre quand j'appris qu'il était sans ami autant que moi-même. Enfin, il m'invita à aller passer un mois des grandes vacances chez son père à Dommthrope, dans le Norfolk. J'acceptai son invitation.

Le vieux Trévor était évidemment un homme riche et considéré, juge de paix et propriétaire terrien. Dommthrope est un petit hameau juste au nord de Laugmere, dans une région de lacs et de marécages. La maison était un de ces vieux et spacieux bâtiments d'autrefois, construite en brique et avec de grosses poutres en chêne. Une belle avenue plantée d'ormes y conduisait. On y chassait le canard sauvage dans les marais, la pêche y était excellente et il y avait une bibliothèque restreinte, mais choisie, qui venait, m'a-t-on dit, d'un locataire précédent. En outre, un cuisinier passable, de sorte que c'eût été un homme bien difficile que celui qui n'aurait pu passer là un mois agréable.

Le vieux Trévor était veuf et mon ami était fils unique. Il y avait eu une fille, mais elle était morte de la diphtérie lors d'une visite à Birmingham. Le père m'intéressa énormément. C'était un homme peu cultivé, mais qui possédait à un très haut degré une sorte de violent dynamisme, tant physique que mental. A peine s'il connaissait quelques livres, mais ayant voyagé loin, et vu une grande partie du monde, il n'avait pas oublié tout ce qu'il avait appris. Physiquement, c'était un homme trapu, gros, avec une abondante chevelure grisonnante, un visage brun, hâlé, et des yeux bleus pénétrants jusqu'à en être presque terribles. Cependant, il avait, dans toute la région, une grande réputation de bonté et de charité, et l'indulgence de ses jugements au tribunal était notoire.

Un soir, peu après mon arrivée, nous étions assis en train de déguster un verre de porto après le dîner, quand le jeune Trévor commença à parler de ces habitudes d'observation et de déduction dont je m'étais déjà fait un système, bien que je n'eusse pas apprécié encore le rôle que cela devait jouer dans ma vie. Quand il décrivit un ou deux petits exploits que j'avais accomplis, le vieillard, évidemment, pensa que son fils exagérait.

— Allons! monsieur Holmes, dit-il en riant avec bonne humeur, je suis un sujet excellent si vous pouvez tirer quelque chose de moi.

— J'ai peur qu'il n'y ait pas grand-chose, répondis-je. Tout au plus pourrais-je suggérer que depuis un an au moins vous avez, dans vos allées et venues, craint une attaque contre votre personne.

Le rire disparut de ses lèvres et il me fixa, fort surpris.

— Eh bien! c'est assez vrai, dit-il. Tu sais, Victor, ajouta-t-il en se tournant vers son fils, quand nous avons dispersé cette bande de braconniers, ils ont juré de nous tuer et sir Edouard Hoby a bel et bien été attaqué. Je me suis toujours tenu sur mes gardes depuis, mais je n'ai aucune idée de la façon dont vous le savez.

— Vous avez une très belle canne. Par l'inscription qu'elle porte, j'ai remarqué qu'il n'y a pas plus d'un an que vous l'avez. Mais vous vous êtes donné la peine d'en creuser la pomme et de couler du plomb fondu dans le trou, de façon à en faire une arme formidable. J'en ai conclu que vous ne prendriez pas de telles précautions si vous n'aviez à craindre un danger quelconque.

— Y a-t-il encore autre chose ? dit-il en souriant.

— Vous avez pas mal boxé dans votre jeunesse.

— Juste encore. Comment l'avez-vous su ? Les coups ont-ils mis mon nez de travers ?

— Non. Ce sont vos oreilles. Elles ont à la fois cet aplatissement et cette épaisseur qui caractérisent le boxeur.

— Rien d'autre ?

— Vous avez manié le pic et la pioche, à en juger par les cals de vos mains.

— J'ai fait toute ma fortune dans les mines d'or.

— Vous êtes allé en Nouvelle-Zélande.

— Exact encore.

— Vous avez visité le Japon.

— Très vrai.

— Et vous avez été lié de façon très intime avec quelqu'un dont les initiales étaient J. A. et que, plus tard, vous avez ardemment souhaité oublier.

M. Trévor se dressa, fixa sur moi ses grands yeux bleus dont le regard était devenu étrange et hagard et s'abattit soudain la face en avant, évanoui et comme mort, parmi les coquilles de noisettes qui parsemaient la nappe. Vous pouvez imaginer, Watson, quel fut notre saisissement, à son fils et à moi. La crise ne dura guère, toutefois, car après que nous lui eûmes défait son col et jeté un peu d'eau au visage, il poussa un ou deux longs soupirs et se redressa.

— Ah ! mes enfants, dit-il avec un sourire forcé, j'espère que je ne vous ai pas fait trop peur. Tout fort que je parais, il y a un point faible dans mon cœur et il n'en faut pas beaucoup pour m'abattre. Je ne sais comment vous vous y prenez, monsieur Holmes, mais il me semble que tous les détectives, les vrais et ceux des romans, ne seraient que des enfants entre vos mains. C'est là votre vocation, monsieur, et vous pouvez en croire sur parole un homme qui a vu une bonne partie du monde.

Et cette recommandation, en même temps que l'appréciation excessive qui en avait été le préambule, fut, si vous m'en croyez, Watson, la toute première chose qui me fit sentir que je pourrais faire ma profession de ce qui, jusqu'alors, n'avait été que simple fantaisie. A ce moment-là, pourtant, j'étais trop préoccupé de l'indisposition soudaine de mon hôte pour penser à autre chose.

— J'espère n'avoir rien dit qui vous fasse de la peine, dis-je.

— Eh ! vous avez certainement touché un point assez sensible. Pourrais-je vous demander comment vous savez et ce que vous savez ?

Il parlait d'un ton à moitié plaisant, mais un air de terreur se cachait encore au fond de ses yeux.

— C'est la simplicité même. Vous vous rappelez quand vous avez mis votre bras à nu pour amener ce poisson dans la barque ? J'ai vu à ce moment-là un J et un A tatoués au pli de votre coude. Les lettres étaient encore lisibles, mais il était parfaitement clair, à leur aspect barbouillé et à la tache de la peau tout autour, qu'on s'était efforcé de les faire disparaître. Il était donc évident que ces initiales vous avaient été jadis très familières et que plus tard vous aviez souhaité les oublier.

— Quel œil vous avez ! s'écria-t-il avec un soupir de soulagement. Tout cela est bien exact. Mais ne parlons plus de cela. De tous les fantômes, ceux de nos vieilles amours sont les pires. Venez dans la salle de billard et fumons tranquillement un cigare.

A partir de ce moment-là, en dépit de toute sa cordialité, il y eut toujours une nuance de soupçon dans les manières de M. Trévor à mon égard. Même son fils le remarqua. « Tu as causé au paternel une telle secousse, dit-il, qu'il ne sera jamais plus sûr de ce que tu sais ou ne sais pas. » Il n'en voulait rien laisser paraître, j'en suis certain, mais ce sentiment était si fortement ancré dans sa pensée qu'il transparaissait dans chacun de ses actes. J'étais si convaincu que je le mettais mal à l'aise que j'abrégeai ma visite. La veille même, pourtant, du jour où je partis, survint un incident qui, par la suite, se révéla d'une très grande importance.

Nous étions sur la pelouse, assis sur des chaises de jardin, à nous chauffer au soleil en admirant le paysage du Norfolk, quand la bonne vint dire qu'il y avait à la porte un homme qui demandait à voir M. Trévor.

— Comment s'appelle-t-il ? demanda mon hôte.

— Il n'a pas voulu le dire.

— Que veut-il donc ?

— Il dit qu'il vous connaît et qu'il ne souhaite qu'un moment d'entretien.

— Amenez-le par ici.

Un instant après apparut, l'air servile, un petit homme maigre, qui s'avançait d'un pas incertain. Il portait une vareuse ouverte avec une grosse tache de goudron sur la manche, une chemise à raies rouges et noires, un pantalon de cotonnade et de lourds souliers lamentablement usés. Son visage était brun, maigre et rusé, avec un sourire perpétuel qui découvrait une ligne irrégulière de dents jaunes et ses mains, profondément ridées, étaient à demi fermées, à la manière caractéristique des marins. Pendant qu'il se traînait à travers la pelouse, j'entendis M. Trévor émettre, de surprise, un bruit de gorge étouffé; puis, bondissant de sa chaise, il rentra précipitamment à la maison. Un moment après il était de retour et, quand il passa près de moi, je sentis un fort relent d'eau-de-vie.

— Eh bien, mon brave, dit-il, que puis-je pour vous ?

Le matelot resta là à le regarder, les yeux plissés, avec, sur le visage, le même sourire de ses lèvres pendantes.

— Vous ne me reconnaissez pas ? demanda-t-il.

— Eh quoi, mon Dieu ! mais bien sûr, c'est Hudson ! dit M. Trévor, d'un air surpris.

— Hudson, c'est bien ça, monsieur, dit le marin. Oui ! voilà trente ans et plus que je vous ai vu la dernière fois. Et vous êtes là dans votre maison et moi j'en suis toujours à ramasser ma croûte parmi les détritus.

— Allons ! Allons ! vous verrez que je n'ai pas oublié le passé, cria M. Trévor, et, s'approchant du marin, il lui dit quelques mots à voix basse, puis, à haute voix, il reprit : Allez à la cuisine, on vous donnera à manger et à boire, et je vous trouverai bien une situation.

— Merci, monsieur, dit le marin en portant la main à son front. Je viens de bourlinguer pendant deux ans dans un sabot qui marchait à huit nœuds et en plus de ça manquait de personnel. J'ai besoin de repos, et je me suis dit que je le trouverais soit avec M. Beddoes, soit avec vous.

— Ah ! s'écria M. Trévor, vous savez où est M. Beddoes ?

— Dieu vous bénisse, monsieur, bien sûr que je sais où sont tous mes vieux amis ! dit le bonhomme avec un sourire sinistre et, de son pas lent il s'en fut à la suite de la bonne jusqu'à la cuisine.

M. Trévor marmonna que quand il allait aux mines, il s'était trouvé en compagnie de cet homme sur le bateau ; puis, nous laissant sur la pelouse, il rentra à la maison. Une heure plus tard, rentrant aussi, nous l'avons trouvé étendu, ivre mort, sur le canapé de la salle à manger. Cet incident fit sur mon esprit une très vilaine impression et je ne fus pas fâché, le lendemain, de quitter Dommthrope, car je sentais que ma présence devait vivement gêner mon ami.

Tout cela se produisit pendant le premier mois des grandes vacances. Je rentrai à mon logis de Londres où je passai sept semaines à faire des expériences de chimie organique. Et puis un jour que l'automne était déjà bien avancé et que les vacances touchaient à leur fin, je reçus un télégramme de mon ami m'implorant de retourner à Dommthrope et me disant qu'il avait grand besoin de mes conseils et de mon assistance. Naturellement, je laissai tout et je repartis pour le Nord.

Trévor vint me chercher à la gare avec le dog-cart et je vis au premier coup d'œil que ces deux derniers mois l'avaient fort éprouvé. Aminci, miné par les soucis, il avait perdu cette allure joyeuse et bruyante qui l'avait caractérisé.

« Le paternel est mourant », ce furent les paroles par lesquelles il m'accueillit.

— Impossible ! m'écriai-je. Qu'est-ce qu'il a ?

— Apoplexie. Choc nerveux. Toute la journée il a été sur le point de passer. Je doute que nous le trouvions vivant.

Je fus, comme vous le pensez, horrifié de cette nouvelle inattendue.

— Et quelle en a été la cause ? demandai-je.

— Ah ! voilà le hic. Saute en voiture, nous en parlerons en route. Tu te rappelles cet individu qui est arrivé le soir d'avant ton départ ?

— Parfaitement.

— Sais-tu qui, ce jour-là, nous avons laissé entrer dans la maison ?

— Je n'en ai aucune idée.

— C'était le diable, Holmes ! s'écria-t-il.

Je l'ai regardé, étonné.

— Oui, le diable en personne. Depuis lors nous n'avons pas eu une heure de tranquillité, plus une. Le paternel n'a plus relevé la tête depuis ce soir-là, et ce maudit Hudson a broyé en lui le ressort vital et lui a brisé le cœur.

— Quel pouvoir a-t-il donc ?

— Ah ! je donnerais beaucoup pour le savoir. Mon vieux paternel, si bienveillant, si charitable, si bon ! Comment a-t-il pu tomber entre les griffes d'une telle canaille ? Mais je suis si content que tu sois venu, Holmes ! Je me fie tout à fait à ton jugement et à ta discrétion et je sais que tu me donneras les meilleurs conseils.

Nous filions à toute vitesse le long de cette route de campagne unie et blanche et nous avions devant nous la longue étendue des plaines marécageuses, qui étincelaient sous la lumière rouge du soleil couchant. D'un petit bosquet à notre gauche je pouvais déjà apercevoir les hautes cheminées et le mât qui indiquaient la demeure du Squire.

— Mon père a fait de cet individu son jardinier, dit mon compagnon ; et puis, comme cela ne lui suffisait pas, il l'a promu sommelier. La maison semblait être toute à sa merci, il y circulait et il y faisait tout ce qu'il voulait. Les bonnes se sont plaintes de ses habitudes d'ivrognerie et de ses propos abjects. Mon père a augmenté leurs gages à toutes pour les dédommager de ces ennuis. Cet individu prenait la barque et le meilleur fusil de mon père et s'offrait des petites parties de chasse. Et tout cela, il le faisait avec, dans les yeux et le visage, un air tellement railleur, moqueur et insolent, que, vingt fois, je l'aurais frappé et jeté par terre s'il avait eu mon âge. Je t'assure, Holmes, que j'ai dû me retenir ferme pendant tout ce temps-là ! Et maintenant, je me demande si je n'aurais pas été plus sage en cédant un peu plus à mon envie. Ma foi, les choses sont allées de mal en pis chez nous et cet animal de Hudson est devenu de plus en plus importun, jusqu'à ce que, un jour qu'il répondait devant moi à mon père d'une façon insolente, je l'aie saisi par l'épaule et je l'aie sorti de la pièce. Il s'est esquivé, le visage livide, avec un regard venimeux qui exprimait plus de menaces que sa langue n'en pouvait proférer. Je ne sais ce qui se passa après cela entre mon pauvre père et lui, mais mon père vint à moi le lendemain et me demanda si cela ne me ferait rien de présenter des excuses à Hudson. J'ai refusé, comme tu peux l'imaginer, et j'ai demandé à mon père comment il pouvait permettre à ce misérable de prendre de telles libertés avec lui et avec les gens de sa maison.

— Ah ! mon garçon, dit-il, c'est facile de parler, mais tu ne sais pas dans quelle situation je me trouve. Tu le sauras, Victor. Je veillerai à ce que tu le saches, quoi qu'il advienne ! Tu ne voudrais pas croire du mal de ton pauvre vieux père, hein, mon gars ?

Il était très ému et tout le jour il resta enfermé dans son bureau où, par la fenêtre, je pus voir qu'il était très occupé à écrire.

Ce soir-là survint ce qui sembla être un grand soulagement, car Hudson nous dit qu'il allait nous quitter. Il entra dans la salle à manger où nous étions après dîner et nous annonça son intention de la voix paterne d'un homme à moitié ivre.

— J'en ai assez du Norfolk, dit-il, je vais aller dans le Hampshire chez M. Beddoes. Il sera aussi content de me voir que vous l'avez été, je crois bien.

— Vous ne vous en allez pas dans de méchantes dispositions, Hudson, j'espère ? dit mon père avec un manque d'énergie qui faisait bouillir mon sang.

— Je n'ai pas eu mes excuses, dit-il, d'un ton de mauvaise humeur, en regardant de mon côté.

— Victor, tu reconnaîtras que tu as traité ce digne homme un peu durement, dit le paternel en se tournant vers moi.

— Au contraire, répondis-je, je pense que nous avons tous les deux fait preuve à son égard d'une patience extraordinaire.

— Ah ! vous croyez ça, vraiment ! grogna l'homme. C'est très bien, camarade, on verra ça !

D'un pas traînant il sortit de la pièce et une demi-heure après il quittait la maison, laissant mon père dans un pitoyable état de nervosité. Nuit après nuit, je l'ai entendu aller et venir dans sa chambre et ce fut juste au moment où il prenait confiance que le coup s'abattit enfin.

— Et de quelle façon ? demandai-je, pressé de savoir.

— De la façon la plus extraordinaire. Une lettre arriva pour mon père hier soir ; elle portait le cachet de Fordingbridge. Mon père la lut et porta ses deux mains à sa tête ; puis il se mit à courir en décrivant autour de la pièce de petits cercles, comme un homme qui a perdu l'esprit.

Quand je l'eus enfin poussé sur le canapé, sa bouche et ses paupières étaient tirées de côté et je vis qu'il avait une attaque. Le docteur Fordham est venu tout de suite et nous l'avons couché, mais la paralysie a fait des progrès ; rien n'a donné à croire qu'il reprenait conscience et je pense qu'il est peu probable que nous le retrouvions en vie.

— Tu m'épouvantes, Trévor ! m'écriai-je. Que pouvait-il donc y avoir dans cette lettre pour provoquer un tel résultat ?

— Rien. C'est là ce qu'il y a d'inexplicable. Le message était absurde et banal. Ah ! mon Dieu ! c'est bien ce que je redoutais !

Tandis qu'il parlait, nous suivions la courbe de l'avenue et nous apercevions dans la lumière tombante du soir la maison dont toutes les persiennes avaient été baissées. Quand nous nous précipitâmes vers la porte, le visage de mon ami était convulsé par la douleur ; un gentleman en noir sortit.

— Quand est-ce arrivé ? demanda Trévor.

— Presque immédiatement après votre départ.

— A-t-il repris conscience ?

— Un instant seulement, avant la fin.

— Quelque message pour moi ?

— Simplement que les papiers étaient dans le tiroir du fond du meuble japonais.

Mon ami monta, en compagnie du docteur, dans la chambre mortuaire, tandis que, aussi lugubre que je ne l'ai jamais été de ma vie, je restais dans le bureau à retourner tout le problème dans ma tête. Quel était le passé de ce Trévor, boxeur, voyageur, chercheur d'or ? Et comment s'était-il mis à la merci de ce marin au visage caustique ? Pourquoi encore s'évanouissait-il à cause d'une allusion aux initiales à demi effacées qu'il portait sur son bras et s'effrayait-il au reçu d'une lettre de Fordingbridge ? Je me suis alors rappelé que Fordingbridge était dans le Hampshire et qu'on avait dit que c'était dans cette région que demeurait ce M. Beddoes auquel le marin était allé rendre visite, probablement pour le faire chanter. La lettre, donc, pouvait soit venir de Hudson, le marin, pour dire qu'il avait trahi et livré le coupable secret qui semblait exister, soit émaner de Beddoes pour avertir un ancien complice qu'une trahison de ce genre était imminente. Jusque-là, tout semblait assez clair. Mais alors comment la lettre pouvait-elle être grotesque et banale comme l'avait décrite le fils ? Peut-être s'était-il trompé. Sinon, il devait s'agir d'un de ces ingénieux codes secrets qui disent une chose lorsqu'ils semblent en dire une autre. Il fallait que je voie cette lettre. Si elle contenait un sens caché, j'avais bon espoir de l'en extraire. Pendant une heure je demeurai dans la pénombre, assis, à retourner le problème, jusqu'à ce qu'enfin une bonne en pleurs apportât une lampe ; et, tout de suite, derrière elle, mon ami Trévor, pâle, mais calme, entra, serrant dans sa main ces papiers mêmes que j'ai là sur mes genoux. Il s'assit en face de moi, approcha la lampe du bord de la table et me passa un billet bref griffonné comme vous le voyez, sur une seule feuille de papier gris : « La commande gibier partie pour Londres est peut-être perdue. Garde-chasse Hudson ramassant lapins a tout levé, tout, comme on dit, leur conseillant : Sauvez garde-meubles votre dernière assurance-vie... »

J'ose affirmer que quand j'ai lu ce message pour la première fois, mon visage eut l'air aussi ahuri que le vôtre tout à l'heure. Puis je le relus très soigneusement. C'était, évidemment, ce que j'avais pensé, et un second sens quelconque devait être caché au fin fond des profondeurs de cette étrange combinaison de mots. Ou bien pouvait-il se faire qu'il y eût un sens dont on était convenu au préalable dans certains mots comme « gibier » et « assurance-vie » ? Un sens de ce genre serait alors arbitraire et rien ne permettrait de le découvrir. Pourtant, je me refusais à croire qu'il en était ainsi et la présence du mot « Hudson » paraissait indiquer que le sujet du message était tel que je l'avais deviné et qu'il émanait de Beddoes plutôt que du marin. J'essayai de le prendre à rebours, mais la combinaison — vie assurance — n'était pas encourageante. Alors, j'ai essayé un mot sur deux, mais « La, gibier, pour, est » ne promettait pas d'apporter de lumière. Ce fut alors qu'en un instant la clé de l'énigme fut entre mes mains et je vis qu'un mot sur trois, en commençant par le premier, donnerait un message très capable d'acculer le vieux Trévor au désespoir.

Il était court et net l'avertissement, tel que je le lus à mon compagnon : « *La partie est perdue. Hudson a tout dit. Sauvez votre vie.* »

Victor Trévor laissa tomber son visage dans ses mains tremblantes.

— Ce doit être cela, je suppose, dit-il. C'est pire que la mort, car cela signifie aussi la honte. Mais que veulent dire les mots «*garde-chasse, gibier, lapins, assurance-vie*» ?

— Ils n'ont aucune signification dans le message, mais ils pourraient en avoir beaucoup, si nous n'avions pas d'autre moyen de découvrir l'expéditeur. Tu vois qu'il a commencé par écrire «La commande gibier, est, etc.». Ensuite il lui a fallu, pour compléter le chiffre convenu, remplir les blancs en y mettant n'importe quel mot. Il a naturellement employé les premiers mots qui lui venaient à l'esprit et s'il y en a, parmi eux, un si grand nombre qui se rapportent à la chasse, c'est, tu peux en être à peu près sûr, ou bien qu'il est grand chasseur, ou qu'il s'intéresse à l'élevage du gibier. Sais-tu quelque chose de ce Beddoes ?

— Maintenant que tu en parles, dit-il, je me rappelle que mon pauvre père recevait de lui une invitation à aller chasser sur ses terres chaque automne.

— Sans aucun doute, alors, c'est de lui que vient ce billet, dis-je. Il ne nous reste plus maintenant qu'à trouver quel était ce secret dont le marin Hudson semblait menacer ces deux hommes riches et considérés.

— Mon cher Holmes, c'est, j'en ai peur, un secret de défaillance et de honte, s'écria mon ami. Mais pour toi je n'en ferai pas un secret. Voici le récit que mon père a écrit quand il savait que le danger dont le menaçait Hudson était imminent. Je l'ai trouvé dans le meuble japonais, comme il l'a dit au docteur. Prends-le et lis-le-moi, car je n'ai ni la force, ni le courage de le lire moi-même.

— Ces papiers-ci, Watson, sont ceux qu'il me mit en main et je vais vous les lire comme je les lui ai lus, cette nuit-là, dans le vieux bureau. Ils portent au dos, comme vous le voyez: «Quelques renseignements concernant le voyage du trois-mâts le *Gloria Scott*, depuis son départ de Falmouth le 8 octobre 1855, jusqu'à sa destruction, le 6 novembre, par 15° 20' de latitude Nord et 25° 4' de longitude Ouest.» En voici la teneur, dans la forme épistolaire.

«Mon cher fils. Maintenant que la honte qui s'approche commence à assombrir les dernières années de ma vie, je peux écrire en toute vérité et en toute honnêteté que ce n'est ni la terreur de la loi, ni la perte de ma situation dans le comté, ni même la déchéance aux yeux de tous ceux qui m'ont connu qui me met la mort dans le cœur ; c'est la pensée que tu en viendrais à rougir de moi — toi qui m'aimes et qui as rarement, je l'espère, eu des raisons de faire autre chose que me respecter.

« Mais si le coup qui est toujours suspendu sur ma tête s'abat, alors, je voudrais que tu lises ceci, afin que tu saches de moi directement jusqu'à quel point j'ai été à blâmer. D'autre part, si tout se passait bien (puisse le Tout-Puissant faire qu'il en soit ainsi !) et si, par hasard, alors ce papier n'était pas encore détruit et tombait entre tes mains, je t'en conjure, au nom de tout ce que tu as de sacré, au nom du souvenir de ta chère mère et de l'amour qui a existé entre nous, jette-le dans le feu et ne lui accorde plus une pensée.

« Si donc tes yeux continuent de lire ceci plus avant, c'est que j'aurai été démasqué et emmené de chez moi, ou, ce qui est plus probable — car tu sais que mon cœur est faible —, que je reposerai déjà, ma langue scellée à jamais dans la mort. Dans un cas comme dans l'autre, l'heure n'est plus aux secrets, et chaque mot que je te dis ici est la vérité pure, et cela je le jure, aussi vrai que j'espère en la miséricorde de Dieu.

« Mon nom, mon cher petit, n'est pas Trévor. J'étais James Armitage dans ma jeunesse, et tu peux croire à présent quel choc ce fut pour moi, il y a quelques semaines, quand ton ami de collège me parla en de tels termes qu'ils semblaient impliquer qu'il avait deviné mon secret. Ce fut sous le nom d'Armitage que, convaincu d'avoir violé les lois de mon pays, je fus condamné à la déportation. Ne me juge pas, mon cher fils, avec trop de dureté. C'était une dette d'honneur — comme on dit — que je devais payer, et pour le faire je me suis servi d'un argent qui n'était pas à moi, avec la certitude que je pourrais le remettre en place avant que l'on pût s'apercevoir qu'il manquait. Mais une malchance terrible s'attachait à moi : l'argent sur lequel j'avais compté ne me fut jamais remis et un examen anticipé de mes livres de comptes révéla le déficit. On aurait pu traiter l'affaire avec indulgence, mais les lois étaient, il y a trente ans, administrées avec beaucoup plus de rigueur qu'à présent, et au vingt-troisième anniversaire de ma naissance, je me trouvai enchaîné en qualité de criminel avec trente-sept autres condamnés au bagne dans l'entrepont du trois-mâts *Gloria Scott*, à destination de l'Australie.

« C'était en 1855, au plus fort de la guerre de Crimée, et les vieux vaisseaux affectés au transport des bagnards avaient servi pour la plupart à emmener les troupes dans la mer Noire. Le gouvernement se trouvait donc contraint d'employer des vaisseaux plus petits et moins bien agencés pour le transport des prisonniers. Le *Gloria Scott* avait, en son temps, fait le commerce du thé en Chine, mais c'était un vieux bâtiment à l'avant très lourd et aux bords très larges, que de nouveaux et fins voiliers avaient remplacé. C'était un bateau de 500 tonnes et outre les trente-huit gibiers de potence, il portait vingt-six hommes d'équipage, dix-huit soldats, trois quartiers-maîtres, un médecin, un aumônier et quatre gardiens. Tout bien compté, il y avait une centaine d'âmes à bord quand nous partîmes à la voile de Falmouth.

« Les cloisons entre les cellules des bagnards, au lieu d'être faites de chêne épais, comme c'est l'habitude dans ces vaisseaux de déportation, étaient minces et fragiles. Celui qui se trouvait près de moi, du côté de l'avant, était un personnage que j'avais particulièrement remarqué quand on nous avait amenés au quai d'embarquement. C'était un homme jeune, au visage clair et imberbe, avec un long nez mince et une mâchoire volontaire. Il levait haut la tête d'un air dégagé, marchait avec désinvolture, et surtout, il était d'une taille exceptionnelle. Je ne crois pas que la tête d'aucun de nous lui venait à l'épaule et je suis sûr qu'il mesurait près de deux mètres. C'était étrange, parmi tant de figures tristes et lasses, d'en voir une qui fût si pleine d'énergie et de décision. Pour moi, cela me faisait l'effet d'un incendie dans une tempête de neige. Je fus donc content de constater qu'il était mon voisin et plus content encore quand, au beau milieu de la nuit, je l'entendis me parler, tout bas et tout près de mon oreille, ce qui me révéla qu'il avait réussi à forer une petite ouverture dans la planche qui nous séparait.

— Ohé ! camarade, dit-il, comment t'appelles-tu et pourquoi es-tu ici ?

Je lui répondis, et à mon tour, je lui demandai à qui je parlais.

— Je suis Jack Pendergast, dit-il, et, par Dieu, c'est un nom que tu béniras, avant que tout soit fini entre nous.

Je me rappelais avoir entendu parler de son affaire, car elle avait fait énormément de bruit dans tout le pays, quelque temps avant ma propre arrestation. C'était un garçon de bonne famille et des mieux doués, mais affligé de toutes sortes de vices, il avait, grâce à un ingénieux système de fraudes, extorqué des sommes importantes aux plus gros négociants de Londres.

— Ah ! ah !..., tu te rappelles mon affaire ! dit-il fièrement.

— Fort bien, certes.

— Peut-être, alors, te rappelles-tu quelque chose de curieux à ce propos ?

— Et quoi donc ?

— J'avais presque un quart de millions de livres, n'est-ce pas ?

— C'est ce qu'on a dit.

— Mais on n'en a rien retrouvé, hein ?

— Non.

— Eh bien, où supposes-tu que tout ça se trouve ?

— Je n'en ai aucune idée.

— Exactement entre mon pouce et mon index. Par Dieu, j'ai plus de livres à mon nom que tu n'as de cheveux sur la tête. Et quand on a de l'argent, fiston, et qu'on sait le manier et le répandre, on peut tout faire, tout. Or, tu ne supposes pas qu'il est vraisemblable qu'un homme qui pourrait tout faire va user ses culottes dans la cale puante d'un vieux cercueil moisi, d'un caboteur chinois, infesté de rats et dévoré de cafards ? Non, monsieur, un homme comme ça prendra soin de lui-même et prendra soin de ses copains. Tu peux en être sûr ! Cramponne-toi à lui et tu embrasseras la Bible parce qu'il t'aura tiré du pétrin.

« C'était comme cela qu'il parlait et tout d'abord je pensai que cela ne voulait rien dire, mais, après un certain temps, quand il m'eut éprouvé et fait donner ma parole avec toute la solennité possible, il me laissa entendre qu'il existait tout de bon un complot pour s'emparer du commandement du vaisseau. Une douzaine de prisonniers l'avaient ourdi avant de monter à bord. Pendergast en était le chef et son argent, le moyen d'action...

— J'avais un associé, dit-il, un type unique, aussi bon, aussi loyal qu'un chien, et où penses-tu qu'il est en ce moment ? Eh bien, c'est l'aumônier de ce vaisseau — l'aumônier, excuse du peu ! Il est venu à bord, avec ses papiers en règle, et assez d'argent dans sa boîte pour tout acheter, de la quille au grand hunier. L'équipage est à lui, corps et âme. Il a pu les acheter, à tant la grosse, avec escompte au comptant, et il l'a fait quand ils n'avaient pas encore signé leur engagement. Il a deux des gardiens, et Mercer, le second quartier-maître, et il aurait eu le capitaine lui-même, s'il avait cru que ça en vaille la peine.

— Alors nous, qu'est-ce que nous devons donc faire? dis-je.

— Qu'en penses-tu? Nous ferons en sorte que les habits rouges de quelques-uns de ces soldats soient plus rouges encore que les a faits le tailleur.

— Mais ils sont armés.

— Et nous le serons aussi, petit. Il y a une paire de revolvers pour chacun de nous; et si nous ne sommes pas capables de prendre ce vaisseau, avec l'équipage qui est pour nous, on est mûrs pour l'envoi dans un pensionnat de fillettes. Parle ce soir au copain à ta gauche et vois si on peut se fier à lui.

C'est ce que je fis et je constatai que cet autre voisin était un jeune homme qui se trouvait exactement dans la même situation que moi et dont le crime avait été un faux. Il s'appelait Evans, mais il changea plus tard de nom et c'est, à présent, un homme riche et heureux du sud de l'Angleterre. Il était tout prêt à se joindre au complot — c'était notre seul moyen de salut — et avant d'avoir traversé le golfe de Gascogne, il n'y avait plus que deux prisonniers qui n'étaient pas dans le secret. L'un était un faible d'esprit à qui nous n'osions pas nous fier et l'autre, souffrant de la jaunisse, ne pouvait nous être utile.

«Dès le début, rien ne nous aurait empêché de prendre possession du navire. L'équipage se composait d'une bande de scélérats, spécialement choisis pour cette besogne. Le faux aumônier venait dans nos cellules pour nous exhorter, en portant un sac noir que l'on croyait rempli de brochures édifiantes; et il venait si souvent qu'au troisième jour chacun de nous avait dissimulé au pied de son lit: une lime, une paire de revolvers, une livre de poudre et vingt balles. Deux des gardiens étaient les agents de Pendergast et le second quartier-maître était son bras droit. Le capitaine, les deux autres quartiers-maîtres, deux gardiens, le lieutenant Martin, ses dix-huit soldats et le médecin, à cela se réduisait ce que nous avions contre nous. Pourtant, tout assuré que fût le succès, nous avions bien résolu de ne négliger aucune précaution et de déclencher notre attaque un soir à l'improviste. La chose arriva, pourtant, plus vite que nous ne l'escomptions, et voici comment.

« Un soir, trois semaines environ après notre départ, le médecin était descendu voir un prisonnier malade, quand en posant la main au pied de sa couchette, il sentit le contour des revolvers. S'il n'avait rien dit, il aurait pu faire rater toute l'entreprise ; mais c'était un petit bonhomme nerveux, et il poussa un petit cri de surprise et devint si pâle que l'homme comprit tout de suite ce qu'il en était et le maîtrisa. Bâillonné avant d'avoir pu donner l'alarme, il fut ficelé sur le lit. Le médecin avait ouvert la porte qui menait au pont et nous la franchîmes tous au galop. Les deux sentinelles furent abattues et on tua aussi un caporal qui accourait voir ce qui se passait. Deux autres soldats se trouvaient à la porte de la cabine de première ; leurs fusils ne devaient pas être chargés, car ils ne tirèrent pas sur nous et on les tua pendant qu'ils mettaient baïonnette au canon. Nous nous sommes alors rués dans la cabine du capitaine, mais au moment où nous poussions la porte, il y eut une détonation à l'intérieur et nous le trouvâmes écroulé sur la carte de l'Atlantique qui était épinglée sur la table, et l'aumônier debout à côté de lui, un revolver fumant à la main. Les deux quartiers-maîtres avaient été maîtrisés par l'équipage et l'affaire paraissait réglée.

« La cabine des premières était à côté, nous y sommes entrés, toute la bande, et nous nous sommes vautrés sur les canapés, tous parlant en même temps, car nous étions tous fous de nous sentir libres. Il y avait des coffres tout autour et Wilson, le faux aumônier, en défonça un et en tira une douzaine de bouteilles de sherry. Les goulots cassés, nous remplîmes des verres et nous les lampions, quand soudain, sans avertissement, retentit l'aboiement de fusils et le salon fut si plein de fumée que l'on ne se voyait plus à travers la table. Quand la fumée se fut dissipée, la salle ressemblait à un abattoir. Wilson et huit autres se tordaient les uns sur les autres, le rouge du sang et le brun du sherry mélangés sur cette table me tournent encore le cœur quand j'y pense. Nous étions si médusés par ce spectacle que je crois bien que nous aurions tout abandonné, n'eût été Pendergast.

Beuglant comme un taureau, il se précipita vers la porte, suivi de tous ceux qui étaient encore vivants. Nous avons couru dehors et là, à l'avant, se trouvaient le lieutenant et dix de ses hommes. Les lucarnes mobiles au-dessus de la table du salon étaient entrouvertes, et c'était par l'ouverture qu'ils avaient tiré sur nous. Nous les avions rejoints avant qu'ils aient pu recharger, ils ont résisté comme des hommes, mais nous étions plus forts qu'eux et en quelques minutes ce fut fini. Grand Dieu ! Y a-t-il jamais eu un abattoir qui ressemblât à ce vaisseau ? Pendergast était comme un démon en furie, il ramassait les soldats comme s'ils étaient des enfants et, vivants ou morts, les jetait par-dessus bord. Un sergent, horriblement blessé, continua pourtant à nager si longtemps que cela nous stupéfia, jusqu'à ce que l'un de nous, par pitié, lui fît sauter la cervelle. Quand le combat cessa, il ne restait de nos ennemis que les gardiens, les deux quartiers-maîtres et le médecin.

« Ce fut à leur propos que s'éleva la grande dispute. Beaucoup d'entre nous, tout en étant bien contents d'avoir recouvré la liberté, ne désiraient pourtant nullement charger leur conscience avec des assassinats. C'était une chose d'abattre les soldats qui avaient leurs fusils en main, et c'en était une autre d'assister à l'assassinat de gens qu'on tuait de sang-froid. Huit d'entre nous, cinq bagnards et trois matelots, nous déclarâmes contre une telle mesure. Mais il n'y avait rien à faire pour influencer Pendergast et ses partisans. Notre seule chance de salut, disait-il, était d'aller jusqu'au bout et il ne voulait pas qu'il restât une langue capable de venir déposer à la barre des témoins. Pour un peu, nous aurions partagé le sort des prisonniers, mais, en fin de compte, il dit que, si nous voulions, nous pouvions prendre une barque et nous en aller. Nous avons saisi la balle au bond, car, déjà écœurés par ces actes sanguinaires, nous en prévoyions de pires encore avant la fin. On nous donna à chacun un équipement de marin, un baril d'eau, deux autres barils, l'un de pacotille, l'autre de biscuits, et une boussole. Pendergast nous jeta une carte, nous dit que nous étions des marins naufragés dont le vaisseau avait sombré par 15° de latitude Nord et 25° de longitude Ouest, puis il coupa l'amarre et nous laissa partir.

« Et maintenant, j'en arrive, mon cher fils, à la partie la plus surprenante de mon histoire. Les marins avaient bordé la vergue de misaine arrière pendant la rébellion, mais au moment où nous les quittions, ils l'avaient remise au carré et comme il soufflait un vent léger du nord-est, le trois-mâts commença à s'éloigner lentement de nous. Notre barque s'élevait et retombait sur les vagues longues et calmes et Evans et moi, les plus instruits de la troupe, nous nous efforcions de déterminer notre position et de trouver vers quelle côte nous devions nous diriger. C'était une question délicate, car le cap Vert était à environ 530 milles au nord et la côte d'Afrique à environ 700 milles à l'est. Tout bien réfléchi, puisque le vent tournait vers le nord, nous avons pensé que la Sierra Leone vaudrait mieux, et nous avons mis le cap dans cette direction. Par rapport à nous, le trois-mâts, dont la coque disparaissait presque à ce moment-là, se trouvait à tribord. Tout à coup, comme nous le regardions, nous en vîmes jaillir un épais nuage de fumée qui resta suspendu, tel un monstrueux serpent, sur la ligne d'horizon. Quelques secondes plus tard, un grondement semblable au tonnerre parvint jusqu'à nous et, quand la fumée se fut dissipée, on n'apercevait plus trace du *Gloria Scott*. En un instant, nous avons viré de bord et, à force de rames, nous avons gagné le lieu que des restes de fumée, traînant encore au-dessus de l'eau, marquaient comme celui de la catastrophe.

« Il nous fallut une longue heure pour y parvenir et tout d'abord nous avons eu peur d'être arrivés trop tard pour sauver n'importe qui. Une barque déchiquetée, quantité de caisses et des épaves qui dansaient au gré des vagues indiquaient l'endroit où le vaisseau avait sombré, mais on ne voyait nul signe de vie et nous avions fait demi-tour, sans espoir, quand nous avons entendu appeler à l'aide et aperçu à quelque distance une épave en travers de laquelle gisait un homme. Quand on l'eut hissé à notre bord, on constata que c'était un jeune matelot du nom de Hudson, mais il était si brûlé et si épuisé qu'il ne put nous faire que le lendemain matin le récit de ce qui s'était passé.

« On sut alors qu'après notre départ Pendergast et sa bande avaient mis à mort les cinq personnes qui restaient : les deux gardiens avaient été tués et jetés par-dessus bord, puis le troisième quartier-maître. Pendergast était ensuite descendu dans l'entrepont et, de sa propre main, il avait coupé la gorge du médecin. Il ne restait plus que le premier quartier-maître, un gaillard courageux et prompt. Quand il vit le bagnard s'approcher de lui, son couteau ensanglanté à la main, il fit sauter de ses pieds les entraves qu'il avait réussi à distendre, et, courant sur le pont, se jeta dans la cale arrière.

« Une douzaine de bagnards qui s'élançaient à sa recherche avec leurs revolvers le trouvèrent assis, une boîte d'allumettes à la main, auprès d'un baril de poudre ouvert — il y en avait cent à bord — et jurant qu'il ferait sauter tout le monde si on faisait seulement mine de le toucher. Un instant après, l'explosion se produisait. Hudson, toutefois, croyait qu'elle résultait d'une balle mal placée et tirée par un des bagnards, plutôt que de l'allumette du quartier-maître. Quelle qu'en fût la cause, ce fut la fin du *Gloria Scott* et de la racaille qui le tenait.

« Telle est, en quelques mots, mon cher enfant, l'histoire de la terrible affaire dans laquelle je me suis trouvé impliqué. Le lendemain, nous avons été recueillis par le brick *Hotspur*, qui voguait vers l'Australie. Son capitaine n'éprouva aucune difficulté à croire que nous étions les survivants d'un navire ordinaire qui avait sombré. L'Amirauté déclara que le *Gloria Scott* avait été perdu en mer et on n'a jamais su un mot de son sort véritable. Après une excellente traversée, le *Hotspur* nous débarqua à Sydney où Evans et moi nous avons changé de nom et d'où nous nous sommes dirigés vers les mines. Là, parmi les foules rassemblées et qui venaient de tous les pays, nous n'avons eu aucune difficulté à perdre notre identité première.

« Le reste, je n'ai pas besoin de le raconter. Nous avons réussi, nous avons voyagé et, revenus en Angleterre comme de riches coloniaux, nous avons acheté des domaines en province. Pendant plus de vingt ans, menant une vie paisible et utile, nous espérions que notre passé était à jamais enseveli. Imagine donc ce que j'ai éprouvé quand, dans le matelot qui vint à nous, je reconnus tout de suite l'homme que nous avions ramassé sur l'épave. Il nous avait suivis à la piste, je ne sais comment, et il avait résolu de vivre de l'exploitation de nos craintes. Tu comprendras maintenant pourquoi je m'efforçais de rester en bonne intelligence avec lui et, jusqu'à un certain point, tu compatiras aux craintes qui me remplissent à présent qu'il m'a quitté, la menace aux lèvres, pour aller vers son autre victime. »

Au bas du document, écrite d'une main si tremblante, qu'on la lit difficilement, cette note : « Beddoes m'écrit, en code, que H... a tout dit. Seigneur, ayez pitié de nos âmes ! »

— Tel fut le récit que je lus, ce soir-là, au jeune Trévor, et, je crois, Watson, qu'en de telles circonstances c'était un récit dramatique. Le brave garçon en eut le cœur brisé et il partit pour les plantations de thé à Teraï où je sais qu'il réussit bien. Quant au marin et à Beddoes, je n'en ai jamais plus entendu parler depuis le jour où fut écrit le message d'avertissement. Tous deux ont disparu complètement. La police n'avait reçu aucune plainte ; Beddoes avait donc pris une menace pour un acte. On avait vu Hudson se cacher et la police pensait qu'il avait fait son affaire à Beddoes puis s'était enfui. Quant à moi, je crois que la vérité fut exactement l'inverse. Selon moi, il est très probable que Beddoes, acculé au désespoir et se croyant déjà trahi, s'est vengé de Hudson et a fui loin de l'Angleterre en emportant tout l'argent qu'il a pu. Tels sont les faits de cette affaire, docteur, et s'ils peuvent en quoi que ce soit servir à votre collection, je vous assure que je les mets de tout cœur à votre disposition.

LE TROIS-QUARTS AILE MANQUANT

Nous étions assez habitués à recevoir à Baker Street des télégrammes étranges, mais j'ai gardé le souvenir en particulier d'un qui nous parvint par une morose matinée de février, il y a sept ou huit ans de cela et qui causa à M. Sherlock Holmes un quart d'heure de perplexité. Il lui était adressé et se lisait comme suit :

« Prière m'attendre. Terrible désastre. Trois-quarts aile droit manquant ; indispensable demain.

OVERTON. »

— Cachet de la poste du Strand et expédié à dix heures trente-six, dit Holmes après l'avoir lu et relu. M. Overton était de toute évidence surexcité à l'extrême quand il l'a envoyé, de sorte qu'il s'est trouvé incohérent en proportion. Allons, allons, il sera là, je pense, d'ici que j'aie fini de jeter un coup d'œil au *Times* et nous serons fixés. Même le plus insignifiant problème sera le bienvenu en ces jours de stagnation.

Le fait est qu'il n'y avait pas eu, dans nos parages, beaucoup de mouvement et j'avais appris à redouter ces périodes d'inaction, car je savais par expérience que le cerveau de mon compagnon était d'une activité si exceptionnelle qu'il devenait dangereux de le laisser sans un thème sur lequel l'exercer. Au cours des années, j'étais parvenu à le guérir progressivement de cette toxicomanie qui avait à une certaine époque menacé d'entraver sa remarquable carrière. Je savais maintenant que dans des conditions normales il n'éprouvait plus le besoin de stimulants artificiels ; toutefois je me rendais bien compte que le démon n'était pas mort, mais seulement assoupi et j'avais appris que son sommeil était bien léger et son réveil bien proche en voyant, dans certaines périodes de loisirs, les traits ascétiques de Holmes se tirer et ses yeux insondables et profondément enfoncés dans les orbites se faire de plus en plus méditatifs. Ce pourquoi je bénissais ce M. Overton, quel qu'il fût, d'être venu, avec son message énigmatique, rompre le calme qui amenait à mon ami plus de périls que toutes les tempêtes dont s'animait sa vie tumultueuse.

Comme nous l'escomptions, le télégramme fut bientôt suivi par son expéditeur et la carte de visite de M. Cyril Overton, étudiant au Collège de la Trinité, à Cambridge, nous annonça la présence d'un énorme jeune homme, dont les cent kilos, tout en os et muscles, bloquaient d'un montant à l'autre à hauteur des épaules notre porte d'entrée. Il nous regarda tour à tour et son visage régulier nous parut égaré d'anxiété.

— Monsieur Sherlock Holmes?

Mon compagnon s'inclina.

— Je suis allé à Scotland Yard, monsieur Holmes. J'ai vu l'inspecteur Stanley Hopkins. Il m'a conseillé de m'adresser à vous. Il m'a assuré que l'affaire, autant qu'il en pouvait juger, était plus de votre ressort que de celui de la police régulière.

— Asseyez-vous, je vous en prie, et dites-moi de quoi il s'agit.

— C'est affreux, monsieur Holmes, tout simplement affreux! Je me demande pourquoi je n'en ai pas les cheveux gris. Godfrey Staunton — naturellement, vous avez entendu parler de lui? Il est le pivot de notre équipe. J'aimerais mieux me passer de deux hommes dans la mêlée et avoir Godfrey en trois-quarts. Qu'il s'agisse de passe, de plaquage ou de dribbling, il n'y en a pas un pour l'approcher; en outre, il a de la tête et il sait nous tenir, tous. Alors que faire? Je vous le demande, monsieur Holmes! Il y a bien Moorhouse, notre premier remplaçant, mais il s'est entraîné comme demi et il est toujours collé à la mêlée au lieu de garder son couloir à la touche. C'est un excellent botteur, d'accord, mais il n'a aucun coup d'œil et son sprint ne vaut pas tripette. Allons donc, mais Morton ou Johnson, les deux lévriers d'Oxford, lui mettraient je ne sais combien dans la vue. Stevenson l'a, lui, la vitesse, mais il ne faut pas lui demander un drop des vingt-deux; or un trois-quarts qui ne sait ni trouver la touche ni passer un drop ne mérite pas sa place uniquement à cause de son déboulé. Non, monsieur Holmes, nous sommes fichus si vous ne pouvez pas nous aider à retrouver Godfrey Staunton.

Mon ami avait écouté avec une surprise amusée ce long discours prononcé avec une vigueur et une intensité extraordinaires, chaque point important se trouvant souligné par une claque que l'orateur, d'une main bronzée, administrait à son genou. Quand notre visiteur se tut, Holmes étendit le bras et prit la lettre S de son répertoire courant. Pour une fois, il fouilla en vain cette mine d'informations variées.

— Il y a Arthur H. Staunton, un jeune faussaire qui monte, dit-il, et il y a eu Henry Staunton, que j'ai contribué à faire pendre, mais le nom de Godfrey Staunton est nouveau pour moi.

Ce fut au tour de notre visiteur de paraître surpris.

— Comment, monsieur Holmes, je vous croyais renseigné ? dit-il. Je suppose, alors, si vous n'avez jamais entendu parler de Godfrey Staunton, que vous ne connaissez pas non plus Cyril Overton ?

Holmes fit non de la tête avec beaucoup de bonne humeur.

— Mille bombardes ! s'écria l'athlète. Comment ? mais j'ai été premier remplaçant de l'équipe d'Angleterre contre le pays de Galles et toute cette saison j'ai commandé l'équipe de l'université. Mais ça n'est rien. Je n'aurais pas cru qu'il y avait une seule personne en Angleterre qui ne connaissait pas Godfrey Staunton, le trois-quarts vedette de Cambridge et de Blackheath, cinq fois international. Seigneur, monsieur Holmes, mais où donc avez-vous vécu ?

Holmes se mit à rire du candide étonnement de ce jeune colosse.

— Vous vivez dans un univers très différent du mien, monsieur Overton, plus paisible et plus propre. Mes ramifications s'étendent dans de nombreux secteurs de la société, mais jamais, je suis heureux de le dire, à ce sport amateur qui est ce qu'il y a de meilleur et de plus sain en Angleterre. Toutefois, votre visite de ce matin me montre que même dans le monde de l'air pur et du franc-jeu il se peut que je trouve du travail ; alors, cher monsieur, je vous en prie, asseyez-vous et dites-moi sans hâte et tout tranquillement ce qui s'est passé et en quoi vous désirez que je vous vienne en aide.

Le visage du jeune Overton revêtit l'air désorienté de l'homme qui a plus l'habitude de se servir de ses muscles que de son intellect, mais peu à peu, avec maintes redites et obscurités que je puis sans inconvénient omettre, il nous exposa son étrange histoire.

— Voici ce qu'il en est, monsieur Holmes. Comme je vous l'ai dit, je suis le capitaine de l'équipe de rugby de l'université de Cambridge et Godfrey Staunton est notre meilleur joueur. Demain nous jouons contre Oxford, ici, à Londres. Hier nous sommes tous venus à Londres et nous sommes descendus au Bentley. A dix heures du soir, je fis ma tournée pour m'assurer que tous mes gars étaient couchés, parce que je suis d'avis que, pour tenir une équipe en forme, il faut un entraînement sévère et beaucoup de sommeil. J'ai parlé un peu à Godfrey avant qu'il ne rentre dans sa chambre. Il m'avait l'air pâle et ennuyé. Je lui ai demandé ce qu'il y avait. Il m'a dit qu'il allait bien — juste un peu mal à la tête. Je lui ai dit bonsoir et je l'ai quitté. Une demi-heure plus tard, le portier me dit qu'un barbu de mauvaise mine est venu apporter un mot pour Godfrey. Il n'était pas couché et on lui a porté le mot dans sa chambre. Godfrey l'a lu, et il est tombé à la renverse dans un fauteuil, comme assommé. Le portier en a été tellement effrayé qu'il allait venir me chercher, mais Godfrey l'a retenu, a bu un verre d'eau et s'est remis. Là-dessus, il est descendu, a dit quelques mots au type qui attendait en bas et ils sont partis ensemble. Quand le portier les a vus pour la dernière fois, ils couraient presque en suivant la rue qui va vers le Strand. Ce matin, la chambre de Godfrey était vide, son lit pas défait et ses affaires étaient dans l'état où je les avais vues la veille. Il était parti illico avec cet inconnu et pas un mot de lui depuis. Je ne crois pas qu'il revienne jamais. C'était un sportif, Godfrey, jusqu'à la moelle, et il n'aurait pas lâché l'entraînement et laissé son capitaine dans le pétrin si ce n'était pas pour un motif au-delà de ses forces. Non, j'ai comme l'impression qu'il est parti pour de bon et que nous ne le reverrons plus jamais.

Sherlock Holmes écouta ce singulier récit avec la plus profonde attention.

— Qu'avez-vous fait ? demanda-t-il.

— J'ai télégraphié à Cambridge pour savoir si on avait de ses nouvelles là-bas. J'ai reçu la réponse. Personne ne l'a vu.

— Aurait-il pu retourner à Cambridge ?

— Oui. Il y a un train à onze heures et quart du soir.

— Mais, autant que vous puissiez vous en assurer, il ne l'a pas pris ?

— Non, on ne l'a pas vu.

— Qu'avez-vous fait ensuite ?

— J'ai télégraphié à lord Mount-James.

— Pourquoi à ce lord Mount-James ?

— Godfrey est orphelin et lord Mount-James est son plus proche parent — son oncle, je crois.

— Bah ! Voilà qui éclaire la question d'un jour nouveau. Lord Mount-James est l'un des hommes les plus riches d'Angleterre.

— C'est ce que j'ai entendu dire par Godfrey.

— Et votre ami était de ses proches ?

— Oui, il était son héritier, et le vieux a près de quatre-vingts ans — pourri de goutte, qui plus est. Il a les jointures tellement calcifiées que ça talque l'intérieur de ses gants. Il n'a jamais de sa vie accordé un radis à Godfrey, car c'est un avare induré, mais Godfrey n'en héritera pas moins.

— Lord Mount-James vous a-t-il répondu ?

— Non.

— Quel motif votre ami pourrait-il avoir d'aller chez lord Mount-James ?

— Eh bien, comme quelque chose l'agaçait le soir, et s'il s'agissait d'une question d'argent, il se pourrait qu'il soit allé chez son plus proche parent qui en a tellement, quoique, d'après ce que j'en sais, il n'aurait guère de chances d'en obtenir. Godfrey n'avait aucune affection pour le vieux. Il ne s'adresserait pas à lui s'il pouvait faire autrement.

— C'est une chose que nous aurons vite fait de déterminer. Si c'était chez son parent lord Mount-James qu'allait votre ami, il faut alors que vous expliquiez la visite à une heure aussi tardive de ce bonhomme de mauvaise mine et l'agitation qu'a causée sa venue.

— Je n'y comprends rien ! dit Cyril Overton en se prenant la tête à deux mains.

— Allons, j'ai devant moi une journée entière et je serai

heureux d'approfondir la question, dit Holmes. Je vous conseillerais vivement de vous préparer au match sans tenir compte de ce jeune homme. Comme vous le disiez, il a dû falloir une nécessité qui le dépasse pour l'arracher ainsi à ses occupations et il y a toutes chances que la même nécessité le retienne. Descendons ensemble jusqu'à l'hôtel, pour voir si le portier peut nous apporter des lumières nouvelles.

Sherlock Holmes excellait dans l'art de mettre un humble témoin à son aise et, très vite, dans la tranquillité de la chambre abandonnée par Godfrey Staunton, il tira du portier tout ce qu'il avait à dire. Le visiteur de la veille n'était pas un monsieur, et pas davantage un travailleur. C'était simplement ce que le portier décrivit comme « un type d'aspect moyen » : la cinquantaine, la barbe grisonnante, le visage pâle, et sans rien de particulier dans son costume. Le portier, en prenant le billet, avait remarqué que sa main tremblait. Godfrey Staunton avait fourré ce mot dans sa poche. Il n'avait pas serré la main de l'homme dans le vestibule. Ils avaient échangé quelques phrases, dont le portier n'avait distingué qu'un seul mot : « temps ». Là-dessus, ils étaient partis en hâte, de la façon déjà décrite. L'horloge du hall marquait dix heures et demie.

— Voyons, dit Holmes en s'asseyant sur le lit de Staunton. Vous êtes le portier de jour, n'est-ce pas ?

— Oui, monsieur. Je quitte mes fonctions à onze heures.

— Le portier de nuit n'a rien vu, j'imagine ?

— Non, monsieur. Des gens qui étaient allés au théâtre sont rentrés tard ; mais personne d'autre.

— Vous avez été de service toute la journée d'hier ?

— Oui, monsieur.

— Avez-vous reçu un message quelconque pour M. Staunton ?

— Oui, monsieur ; un télégramme.

— Ah ! voilà qui est intéressant. Quelle heure était-il ?

— A peu près six heures.

— Où se trouvait M. Staunton quand il l'a reçu ?

— Ici dans sa chambre.

— Etiez-vous là quand il l'a ouvert ?

— Oui, monsieur. J'ai attendu pour voir s'il y avait une réponse.

— Et y en avait-il une ?

— Oui, monsieur. Il l'a écrite.
— C'est vous qui l'avez portée ?
— Non. Il l'a portée lui-même.
— Mais il l'a écrite devant vous ?
— Oui. J'étais debout près de la porte et lui me tournait le dos, à cette table. Quand il l'a eu écrite, il m'a dit : « Ça ira, portier, je vais la porter moi-même. »
— Avec quoi l'a-t-il écrite ?
— Une plume, monsieur.
— La formule de télégramme était de celles qui sont sur cette table ?
— Oui, monsieur. Il a pris celle du dessus.

Holmes se leva. Prenant le paquet de formules, il les porta jusqu'à la fenêtre et examina minutieusement celle qui se trouvait sur le dessus.

— Dommage qu'il ne l'ait pas écrite au crayon, dit-il en les reposant avec un geste de déception. Comme vous avez sans doute eu de fréquentes occasions de l'observer, Watson, l'impression traverse en général le papier — un fait qui a rompu nombre d'heureuses unions. Quoi qu'il en soit, je ne trouve aucune trace. Je suis heureux de constater toutefois qu'il a écrit avec cette plume à gros bec, et je ne doute pas que nous trouvions quelque chose d'imprimé sur le buvard. Mais oui : voici ce que je cherche.

Il déchira la feuille et nous montra une bande sur laquelle se trouvaient d'illisibles hiéroglyphes.

Très surexcité, Cyril Overton suggéra :
— Regardez-le dans la glace !
— Ce n'est pas nécessaire, dit Holmes. La feuille est mince et nous lirons le message en transparence. Voyez :

Il le retourna et nous lûmes :
« Ne nous lâchez pas, pour l'amour de Dieu ! »
— Voilà donc la fin du télégramme que Godfrey Staunton a expédié quelques heures avant sa disparition. Les premiers mots du message nous échappent, mais ce qu'il reste : « Ne nous lâchez pas, pour l'amour de Dieu ! » prouve que le jeune homme voyait s'approcher de lui un formidable danger dont quelqu'un d'autre pouvait le protéger. « Nous », notez bien ! Une autre personne est dans l'affaire. Qui serait-ce, sinon le barbu pâle qui paraissait lui-même tellement nerveux ? Quel est, alors, le lien qui unit Godfrey Staunton à ce monsieur ? Et quelle est la troisième source

dont l'un et l'autre sollicitaient l'aide contre le danger qui les pressait ? Notre enquête s'est déjà réduite à cela.

— Il ne nous reste qu'à trouver à qui est adressé ce télégramme, suggérai-je.

— Exactement, mon cher Watson. Votre réflexion, toute profonde qu'elle est, m'était déjà passée par l'esprit. Mais j'ose dire que vous avez dû remarquer que si vous entrez dans un bureau de poste pour demander à voir le double du message d'une autre personne, vous risquez de vous heurter à une certaine réticence de la part des fonctionnaires. Ils sont d'un pointilleux, sur ces questions ! Cependant, je ne doute pas qu'avec un peu de délicatesse et de finesse nous ne parvenions à nos fins. En attendant, j'aimerais, en votre présence, monsieur Overton, jeter un coup d'œil aux papiers qui sont restés sur la table.

C'était un certain nombre de lettres, de notes et de calepins que Holmes retourna et examina de ses doigts nerveux et de ses regards acérés et pénétrants.

— Rien là-dedans, dit-il enfin. Au fait, je suppose que votre ami était un jeune homme en pleine santé — il n'avait rien qui clochait ?

— Solide comme un chêne.

— A-t-il été malade, à votre connaissance ?

— Pas un seul jour. Il a été immobilisé par un coup de pied sur le tibia et une fois il s'est démis la rotule, mais rien d'autre.

— Il n'était peut-être pas aussi fort que vous le supposez. Je croirais qu'il avait quelque ennui secret. Avec votre permission, je vais mettre dans ma poche un ou deux de ces papiers, pour le cas où ils auraient quelque chose à voir avec notre enquête.

— Un instant, un instant ! s'écria une voix bougonne, et nous aperçûmes, dans l'entrée, un étrange petit vieillard qui gesticulait en se trémoussant.

Vêtu d'un costume noir rougeâtre, il portait un haut-de-forme à très large bord et une cravate blanche fort lâche, l'ensemble produisant l'effet d'un pasteur des plus paysans ou d'un croque-mort fantaisiste. En dépit pourtant de son aspect négligé et même absurde, l'homme avait dans sa voix un grésillement autoritaire et dans ses manières une sorte d'intensité hâtive qui commandait l'attention.

— Qui donc êtes-vous, monsieur? et de quel droit touchez-vous aux papiers de ce monsieur? demanda-t-il.

— Je suis un détective privé et je m'efforce d'expliquer sa disparition.

— Ah! oui, vraiment? Et qui vous en a donné l'ordre, hein?

— Ce monsieur, qui est l'ami de M. Staunton et qui m'a été adressé par Scotland Yard.

— Et vous, monsieur, qui êtes-vous?

— Cyril Overton.

— Alors c'est vous qui m'avez télégraphié. Je suis lord Mount-James. Je suis venu aussi vite qu'a pu m'amener l'omnibus de Bayswater. Alors, vous avez commis un détective?

— Oui, monsieur.

— Et vous êtes prêt à en payer les frais?

— Je ne doute pas, monsieur, que mon ami Godfrey, quand nous le trouverons, ne soit prêt à le faire.

— Et si on ne le retrouvait jamais, hein? Qu'est-ce que vous avez à répondre à ça?

— En ce cas, sans doute sa famille...

— Jamais de la vie! hurla le petit bonhomme. N'attendez pas un sou de moi! Pas un sou! vous avez bien compris, monsieur le détective! Ce jeune homme n'a pas d'autre famille que moi et je vous avertis que je ne m'en tiens pas responsable. S'il a des espérances, il les doit à ce que jamais je n'ai gaspillé l'argent et je n'ai pas l'intention de commencer maintenant. Quant à ces papiers avec lesquels vous prenez tant de libertés, je peux vous dire que s'il se trouvait dedans quelque chose qui eût une valeur quelconque, vous serez responsable de tout ce que vous pourriez en faire.

— Parfait, monsieur, dit Sherlock Holmes. Puis-je vous demander en attendant si vous avez vous-même une théorie qui explique la disparition de ce jeune homme?

— Non, monsieur, aucune. Il est assez grand et assez âgé pour savoir ce qu'il fait, et s'il est assez serin pour se perdre, je refuse absolument d'endosser la responsabilité de financer ses recherches.

— Je comprends à merveille votre position, dit Holmes, avec, dans les yeux, un éclair de rosserie. Peut-être ne saisissez-vous pas tout à fait la mienne. Il semble que Godfrey

Staunton était pauvre. Si on l'a enlevé, ce n'est pas pour ce qu'il possède lui-même. Mais la renommée de votre opulence s'est répandue, lord Mount-James, et il est parfaitement possible qu'une bande de voleurs se soit assurés de la personne de votre neveu pour obtenir de lui des renseignements sur votre domicile, vos habitudes et vos trésors.

Le visage du désagréable petit visiteur devint aussi blanc que sa cravate.

— Ciel ! en voilà une idée ! Allez donc imaginer pareille fourberie ! Quelles hideuses canailles il y a au monde ! Mais Godfrey est un chic garçon — un garçon solide. Rien ne pourrait l'amener à trahir son vieil oncle. Je ferai porter dès ce soir la vaisselle plate à la banque. Dans l'intervalle, faites tout le nécessaire, monsieur le détective. Remuez ciel et terre, c'est moi qui vous en prie, pour nous le ramener sain et sauf. Quant à l'argent, jusqu'à concurrence de cinq livres, et même de dix, vous pouvez toujours compter sur moi.

Même dans cet état de repentir, le noble avare ne put nous fournir aucune information de nature à nous aider ; la vie privée de son neveu ne lui était guère connue. Notre seule piste résidait en ce télégramme tronqué et ce fut avec une copie de celui-ci à la main que Holmes se mit en route pour trouver le second maillon de la chaîne. Nous nous étions débarrassés de lord Mount-James et Overton était parti conférer avec ses équipiers au sujet de la catastrophe qui les frappait. Il y avait un bureau de télégraphe à peu de distance de l'hôtel. Nous nous arrêtâmes devant.

— Ça vaut la peine d'essayer, Watson, dit Holmes. Naturellement, avec un mandat du juge, on pourrait demander à voir les souches, mais nous n'en sommes pas encore à ce stade. Je ne pense pas que dans un endroit où ils ont tant à faire, ils se rappellent les physionomies. Nous allons risquer le coup.

« Désolé de vous déranger, dit-il de son ton le plus suave à la jeune femme derrière le grillage. Il y a eu une petite erreur commise hier dans un télégramme que j'ai expédié. Je n'ai pas eu de réponse et j'ai grand-peur d'avoir oublié de mettre mon nom au bout. Pourriez-vous me dire si c'est le cas ?

La jeune personne feuilleta un paquet de doubles.

— Quelle heure était-il ? demanda-t-elle.

— Un peu plus de six heures.

— A qui était-ce adressé ?

Holmes posa un doigt sur ses lèvres et m'indiqua du coin de l'œil, comme si je ne devais pas le savoir.

— Les derniers mots étaient : « pour l'amour de Dieu », chuchota-t-il d'un air de confidence. Je suis très inquiet de ne pas recevoir de réponse.

La jeune femme prit l'une des formules.

— Le voici. Il ne porte pas de signature, dit-elle en le défroissant sur le comptoir.

— Alors cela explique, bien entendu, pourquoi je ne reçois pas de réponse ! dit Holmes. Que c'est bête de ma part ! Au revoir, mademoiselle, et merci beaucoup de m'avoir rassuré.

Il gloussait de satisfaction et se frottait les mains quand nous nous retrouvâmes dans la rue.

— Alors ? demandai-je.

— Nous progressons, Watson, nous progressons. J'avais sept petits plans différents pour obtenir la possibilité de jeter un coup d'œil à ce télégramme, mais je n'espérais guère réussir du premier coup.

— Et qu'y avez-vous gagné ?

— Un point de départ pour nos investigations — et en appelant un fiacre, il lui ordonna : Gare de King's Cross.

— Nous partons en voyage, alors ?

— Oui, il faut que nous fassions un saut jusqu'à Cambridge. Toutes les indications ont l'air de nous aiguiller dans cette direction.

— Dites-moi, lui demandai-je, pendant que la voiture parcourait Gray's Inn Road, vous n'avez pas encore de soupçon concernant le motif de la disparition ? Je ne crois pas que dans toutes nos enquêtes j'en aie vu une dont les mobiles soient aussi imprécis. Vous n'imaginez naturellement pas qu'il a été enlevé pour lui soutirer des renseignements concernant son richissime parent ?

— Je reconnais, Watson, que cette explication ne me paraît que très improbable. Elle m'a frappé, toutefois, comme celle qui avait le plus de chances d'intéresser ce vieillard déplaisant à l'excès.

— Elle a certes réussi. Mais quelles autres explications voyez-vous ?

— Je pourrais en citer plusieurs. Il faut admettre qu'il

est curieux et suggestif que cet incident se produise à la veille d'un match capital et qu'il porte sur le seul homme dont la présence paraisse essentielle pour le succès de son équipe. Il se peut que ce ne soit qu'une coïncidence, mais c'est intéressant. Le sport amateur n'est pas soumis à la sujétion des paris, mais le public à côté parie tout de même pas mal, et on peut concevoir que cela vaille la peine pour quelqu'un d'empêcher un athlète de jouer comme les nervis du turf empêchent un cheval de courir. Voilà déjà une explication. Une seconde, qui va de soi, c'est que ce jeune homme est en fait l'héritier d'une grosse fortune, bien que ses moyens actuels soient modestes ; il n'est donc pas impossible qu'on ait ourdi un complot pour s'emparer de lui et ne le libérer que moyennant rançon.

— Ces théories ne tiennent pas compte de la dépêche.

— En effet, Watson. Le télégramme demeure la seule chose solide sur laquelle nous puissions tabler et il ne faut pas le perdre de vue. C'est pour obtenir des lumières sur le but de ce télégramme que nous nous rendons à Cambridge. La voie de nos investigations est pour l'instant obscure, mais je serais fort surpris si, d'ici ce soir, nous ne l'avions pas déblayée et si nous n'avions pas fait de chemin.

Il faisait sombre déjà quand nous arrivâmes dans la vieille ville universitaire. Holmes prit un fiacre à la gare et ordonna au cocher de le conduire à la maison du docteur Leslie Armstrong. Quelques instants plus tard, nous nous arrêtions devant une vaste habitation du quartier le plus animé. On nous fit entrer et, après une longue attente, nous fûmes admis dans le cabinet de consultation où nous trouvâmes le docteur assis à son bureau.

Le fait que le nom de Leslie Armstrong m'était inconnu montre à quel point j'avais perdu contact avec ma profession. Maintenant, je sais qu'il est non seulement l'un des maîtres de l'Ecole de médecine de l'université, mais aussi un penseur dont la réputation est européenne dans plusieurs sciences. Cependant, même sans être au courant de sa brillante carrière, on ne pouvait pas ne pas être impressionné au premier coup d'œil qu'on portait sur cet homme — sur son visage massif et carré ; sur les yeux, songeurs sous d'épais sourcils ; sur le modelé inflexible de sa mâchoire de granit. Un homme au caractère profond, à l'esprit alerte, farouche, ascétique, concentré et redoutable

— voilà comment je vis le docteur Leslie Armstrong. Il tenait à la main la carte de mon ami et ce fut avec une expression de déplaisir sur son visage austère qu'il nous considéra.

— J'ai entendu parler de vous, monsieur Sherlock Holmes, et je n'ignore pas votre profession, qui est de celles que je n'approuve pas.

— Sous ce rapport, docteur, vous vous trouverez d'accord avec tous les criminels du pays, dit tranquillement mon compagnon.

— Tant que vos efforts ont pour objet de supprimer le crime, ils doivent forcément, monsieur, avoir l'approbation de tous les membres sensés de la communauté, bien que je ne doute pas qu'à cet effet l'organisme officiel ne soit amplement suffisant. Où votre état donne prise à la critique, c'est quand vous fouillez les secrets des particuliers ; quand vous déterrez des affaires de famille qu'il vaut mieux cacher et quand, incidemment, vous gaspillez le temps de personnes plus occupées que vous. A l'heure qu'il est, par exemple, je devrais être en train de rédiger un traité au lieu de converser avec vous.

— Sans doute, docteur ; et malgré cela, la conversation se révélera peut-être plus importante que le traité. En passant, permettez-moi de vous dire que nous faisons exactement l'inverse de ce que vous blâmez à juste titre, et que nous nous efforçons d'empêcher que soit livrées au public des affaires privées dont la révélation devient inévitable dès que la police officielle s'empare carrément d'une enquête. Vous pouvez me considérer comme un franc-tireur, un pionnier qui marche en avant des forces régulières du pays. Je suis venu vous parler de M. Godfrey Staunton.

— Qu'est-ce qu'il a fait ?

— Vous le connaissez, n'est-ce pas ?

— C'est un de mes amis intimes.

— Vous savez qu'il a disparu ?

Les traits accusés du docteur ne laissèrent paraître aucun changement d'expression.

— Ah bah ! fit-il.

— Il est parti de l'hôtel hier soir. On n'a pas de ses nouvelles.

— Il reviendra probablement.

— Demain a lieu le match contre Oxford.

— Je n'ai aucune sympathie pour ces enfantillages. Le sort du jeune homme m'intéresse profondément, parce que je le connais et l'apprécie. Mais le match de rugby sort totalement de mon horizon.

— J'invoquerai donc l'intérêt que vous lui portez pour que vous m'aidiez à savoir ce qu'il est devenu. Savez-vous où il est ?

— Certainement pas.

— Vous ne l'avez pas vu depuis hier ?

— En aucune façon.

— Monsieur Staunton était-il en bonne santé ?

— Absolument.

— A-t-il été malade à votre connaissance ?

— Jamais.

Holmes produisit une feuille de papier qu'il fourra sous les yeux du médecin.

— Peut-être voudrez-vous alors m'expliquer cette note d'honoraires de treize guinées, payée par M. Godfrey Staunton au docteur Leslie Armstrong, de Cambridge ? Je l'ai trouvée parmi les papiers qui étaient sur sa table.

Le docteur rougit de colère.

— Je ne vois aucune raison de vous fournir une explication, monsieur Holmes.

Holmes remit la note dans son portefeuille.

— Si vous préférez une explication publique, elle viendra forcément tôt ou tard, dit-il. Je vous exposais tout à l'heure que je suis à même de faire le silence sur ce que d'autres sont contraints de publier, et que ce serait plus sage de votre part de me faire entière confiance.

— Je ne sais pas ce que cela signifie.

— M. Staunton a-t-il communiqué avec vous, de Londres ?

— Certainement pas.

— Aïe, aïe, aïe ! encore les services postaux ! soupira Holmes avec lassitude. Une dépêche des plus urgentes vous a été expédiée de Londres par Godfrey Staunton à six heures quinze hier soir — un télégramme qui est sans aucun doute lié à sa disparition — et voilà que vous ne l'avez pas reçue ! C'est très fautif. J'irai certainement déposer une plainte écrite au bureau en question.

Derrière son bureau, le docteur Leslie Armstrong bondit, le visage cramoisi de fureur.

— Je vous prierai de sortir d'ici, monsieur, dit-il. Dites à celui qui vous emploie, à lord Mount-James, que je ne veux avoir affaire ni à lui ni à ses émissaires. Non, monsieur, pas un mot de plus !

Il sonnait avec frénésie.

— John, reconduisez ces messieurs ! ordonna-t-il à un domestique pompeux qui, l'air sévère, nous accompagna jusqu'à la porte.

Dans la rue, Holmes éclata de rire.

— Le docteur Armstrong possède certainement de l'énergie et du caractère, dit-il. Je n'ai jamais vu un homme qui, s'il voulait bien y appliquer ses talents, serait plus apte à faire une carrière criminelle. Et maintenant, mon pauvre Watson, nous voilà, coupés de tout, sans amis, dans cette cité inhospitalière qu'il ne nous est pas possible de quitter sans abandonner notre enquête. La petite auberge que voici, juste en face de la maison d'Armstrong, convient singulièrement à nos besoins. Si vous vouliez y retenir une chambre sur le devant et acheter les quelques objets qui nous sont nécessaires pour ce soir, j'aurais peut-être le temps de faire quelques investigations.

Ces quelques investigations, toutefois, se révélèrent plus laborieuses que Holmes ne l'avait imaginé, car il ne revint à l'auberge qu'à presque neuf heures du soir. Pâle et déconfit, il était couvert de poussière, en même temps qu'affamé et harassé. Un souper froid était prêt sur la table et quand sa faim fut apaisée et sa pipe allumée, Holmes se retrouva à même de prendre les événements sous cet angle mi-humoristique, mi-philosophique qui lui était naturel quand ses recherches allaient de travers. Un bruit de roues de voiture le fit se lever et aller regarder à la fenêtre : un coupé attelé de deux chevaux gris s'arrêtait sous le bec de gaz en face de la porte du docteur.

— Il a été parti trois heures, dit Holmes. Sorti à six heures et demie, le voilà de retour. Cela lui donne un rayon de trois ou quatre lieues et il le fait une fois, parfois deux, dans la journée.

— C'est assez courant pour un médecin qui fait la clientèle.

— Seulement Armstrong n'exerce pas vraiment. Il fait des cours et donne des consultations, mais ne se soucie pas de médecine générale qui le distrairait de son travail littéraire. Pourquoi, alors, entreprend-il ces longues courses, qui doivent lui sembler ennuyeuses au possible, et qui va-t-il voir ?

— Son cocher...

— Mon cher Watson, pouvez-vous douter un seul instant que ce n'est pas à lui que je me suis adressé tout d'abord ? Je ne sais si c'est venu de sa propre perversité naturelle ou si son maître lui avait fait le mot, mais il a été assez impoli pour lancer un chien contre moi. Ni l'homme ni le chien, toutefois, n'ont vu ma canne d'un bon œil et l'affaire n'a pas eu de suites. Mais, après, les relations étaient tendues et toute autre demande de renseignements devenait hors de question. Tout ce que j'ai appris, je l'ai su par un naturel complaisant que j'ai rencontré dans la cour même de notre auberge. C'est lui qui m'a parlé des habitudes du docteur et de son expédition quotidienne. C'est à ce moment que, comme pour illustrer ses dires, la voiture est venue se ranger devant la porte.

— Vous n'auriez pas pu la suivre ?

— Excellent, Watson ! Vous êtes éblouissant, ce soir. L'idée m'est effectivement venue. Il y a, comme vous avez pu le remarquer, un magasin de bicyclettes à côté. Je m'y suis rué, j'ai loué une machine et j'ai pu me mettre en route avant que la voiture n'ait disparu. Je l'ai promptement rejointe, puis, restant à discrète distance d'une centaine de mètres environ, j'ai suivi ses lanternes jusqu'à ce que nous soyons sortis de la ville. On était bien engagés sur une route de campagne quand un incident quelque peu mortifiant s'est produit... La voiture s'est arrêtée, le docteur en est descendu, il est revenu d'un bon pas jusqu'au point où j'avais moi-même fait halte et il m'a dit, excellemment, mais sur le mode sardonique, qu'il craignait que la route ne fût un peu étroite et qu'il espérait que sa voiture ne gênerait pas le passage de ma bicyclette. Rien de plus admirable que sa façon d'exprimer cela. Je dépassai aussitôt le coupé, et, me tenant sur la route principale, poursuivis pendant quelque distance avant de m'arrêter à un endroit propice pour voir si la voiture passait. Elle ne vint pas, toutefois, de sorte qu'il me fallut admettre qu'elle avait dû prendre une des assez nombreuses voies latérales que j'avais remarquées. Je fis demi-tour, sans revoir davantage la voiture, et maintenant, comme vous le constatez, elle est revenue derrière moi. Certes, je n'avais, à l'origine, aucune raison particulière de voir une corrélation entre la disparition de Godfrey Staunton et ces courses et j'étais enclin à ne les étudier que parce que tout ce qui concerne le docteur Armstrong prend de l'intérêt pour nous. Mais maintenant que je découvre qu'il regarde si attentivement si on le suit durant ces excursions, l'affaire prend de l'importance et je ne serai satisfait que quand je l'aurai tirée au clair.

— Nous pourrons le suivre demain.

— Ah oui ? C'est moins facile que vous n'avez l'air de le croire. Vous ne connaissez pas le paysage de la région de Cambridge, hein ? Il ne se prête guère à la dissimulation. Toute la campagne où j'ai roulé ce soir est aussi plate et nue que la paume de votre main et l'homme que nous suivons n'est pas bête, ainsi qu'il l'a montré fort nettement ce soir. J'ai télégraphié à Overton pour qu'il nous avise, à cette adresse-ci, de ce qu'il arriverait à Londres et, dans l'intervalle, nous ne pouvons que nous consacrer au docteur Armstrong dont je dois le nom à l'obligeance de la jeune personne du télégraphe qui m'a permis de lire le double du message urgent de Staunton. Il sait où est Staunton — cela, j'en jurerais — et s'il le sait, alors ce sera bien notre faute si nous n'arrivons pas à le savoir aussi. Pour l'instant, il faut bien reconnaître qu'il a fait le pli, mais, comme vous ne l'ignorez pas, Watson, il n'est pas dans mes habitudes d'abandonner la partie dans ces conditions.

Malgré cela, le lendemain ne nous vit pas plus proches de la solution du mystère. On nous remit après le déjeuner un mot que Holmes me passa avec un sourire :

« Monsieur, je puis vous assurer que vous perdez votre temps à filer mes déplacements. Il y a, comme vous avez pu le constater hier soir, une vitre à l'arrière de ma voiture et si vous désirez faire huit ou dix lieues dans la campagne et revenir à votre point de départ, vous n'avez qu'à me suivre. Cependant, je puis vous informer que le fait de m'espionner ne peut être d'aucun secours à Godfrey Staunton, et je suis convaincu que le meilleur service que vous puissiez rendre à celui-ci est de retourner tout de suite à Londres et notifier à la personne qui vous emploie que vous ne parvenez pas à le retrouver. Vous perdez certainement votre temps à Cambridge. Bien vôtre,

Leslie ARMSTRONG. »

— Un adversaire honnête et qui ne mâche pas ses mots, ce docteur, dit Holmes. Eh, eh ! il pique ma curiosité et il faut absolument que j'en sache davantage avant de le lâcher.

— Sa voiture est devant chez lui, dis-je. Il y monte. Je l'ai vu qui, en même temps, regardait notre fenêtre. Si je tâtais de la bicyclette, à mon tour ?

— Non, non, mon cher Watson ! Malgré tout le respect que je porte à votre perspicacité naturelle, je ne crois pas que vous soyez tout à fait de la force du digne docteur. Je crois que je pourrai peut-être arriver à nos fins par une exploration indépendante effectuée de mon côté. Je suis, hélas, obligé de vous laisser à vos propres desseins, car l'apparition de deux étrangers enquêtant dans une campagne assoupie pourrait faire jaser plus que je ne le désire. Vous trouverez sûrement dans cette vénérable cité des curiosités qui vous distrairont et j'espère vous rapporter avant ce soir un rapport plus favorable.

Une fois de plus, toutefois, mon ami devait rentrer déçu. Il revint à la nuit, très las et sans avoir obtenu de résultat.

— Un jour pour rien, Watson. Ayant pris note de l'orientation générale des sorties du docteur, j'ai passé la journée à visiter tous les villages situés de ce côté-là de Cambridge et à échanger des impressions avec les cabaretiers et autres diffuseurs des nouvelles locales. J'ai fait pas mal de chemin : Chesterton, Histon, Waterbeach, Oakington ont tous été explorés et se sont tous révélés décevants. Dans des trous aussi ensommeillés, l'apparition quotidienne d'une voiture à deux chevaux n'aurait jamais pu passer inaperçue. Encore un point à l'actif du docteur. Y a-t-il un télégramme pour moi ?

— Oui, je l'ai ouvert. Le voici : « Demandez Pompée à Jérémie Dixon, Collège de la Trinité. » Je ne le comprends pas.

— Oh ! il est assez clair. Il vient de notre ami Overton et répond à une question que je lui ai posée. Je vais tout bonnement envoyer un mot à M. Jérémie Dixon et je ne doute pas que la chance ne tourne en notre faveur. Au fait, a-t-on des nouvelles du match ?

— Oui, le journal d'ici en donne un excellent compte rendu dans sa dernière édition. Oxford a gagné par deux essais et un but. La dernière phrase commente ainsi le résultat: « La défaite des Bleus Clairs peut être intégralement imputée à la malencontreuse absence du fameux international Godfrey Staunton qu'on ne cessa de déplorer d'un bout à l'autre de la partie. Le manque de combinaisons chez les trois-quarts, et leur faiblesse en attaque aussi bien qu'en défense firent plus que neutraliser les efforts d'une ligne d'avants puissante et courageuse. »

— Alors, les pressentiments de notre ami Overton se vérifient, dit Holmes. Personnellement, je suis de l'avis du docteur Armstrong, le rugby sort totalement de mon horizon. Coucher de bonne heure, ce soir, Watson, car je prévois que demain pourrait être bourré d'événements.

Quand je vis Holmes pour la première fois, le lendemain matin, j'en fus épouvanté car il était assis près du feu avec une petite seringue hypodermique à la main. J'associai le fait avec la seule faiblesse naturelle que je lui connaissais et je me mis à craindre le pire quand je vis briller l'objet entre ses doigts. Mon expression de détresse le fit rire et il posa la seringue sur la table.

— Non, non, mon vieux, il n'y a pas de quoi vous alarmer. Ce n'est pas, en l'occurrence, un engin maléfique, mais j'espère plutôt qu'elle va se révéler comme la clé qui forcera ce mystère. Dans cette seringue reposent tous mes espoirs. Je viens de rentrer d'une expédition en éclaireur et tout se présente bien. Déjeunez bien, Watson, car je me propose de me lancer sur la piste du docteur Armstrong aujourd'hui et une fois que nous serons en route, il n'y aura ni repos ni aliments tant que nous ne l'aurons pas traqué dans son repaire.

— En ce cas, dis-je, nous ferons bien de prendre notre petit déjeuner dans notre poche car le voilà qui s'en va de bonne heure. La voiture est à sa porte.

— Peu importe. Qu'il parte. Il sera malin s'il trouve moyen d'aller à un endroit où je ne puisse pas le suivre. Quand vous aurez terminé, nous descendrons ensemble et je vous présenterai un détective qui est un très éminent spécialiste du travail qui nous attend.

Une fois en bas, je suivis Holmes dans la cour de l'écurie et là, il ouvrit la porte d'une caisse à claire-voie et en fit sortir un chien blanc et beige, court sur pattes et aux oreilles pendantes, quelque chose entre le briquet et le foxhound.

— Permettez-moi de vous présenter Pompée, dit-il. Pompée est la perle des chiens courants de la région ; pas un foudre de vitesse, comme en témoigne sa structure, mais un limier puissant en fait de flair. Eh bien, Pompée, sans être bien rapide, je crois que tu le serais encore trop pour une paire de Londoniens entre deux âges comme nous, alors, je vais me permettre d'attacher à ton collier cette laisse de cuir. Allez, mon garçon, en avant, fais voir ce que tu sais faire.

Il le mena jusqu'à la porte du docteur. Le chien tourna un instant en rond en reniflant, puis, avec un petit jappement, se mit en route le long de la rue en tirant sur sa laisse tant il s'efforçait d'aller vite. Au bout d'une demi-heure nous étions hors de la ville et nous suivions à toute allure une route campagnarde.

— Qu'avez-vous fait, Holmes ? demandai-je.

— Un procédé usé jusqu'à la corde et vénérable, mais utile en l'occurrence. Je suis entré dans la cour du docteur ce matin et j'ai arrosé d'une seringue pleine d'anis la roue de derrière de sa voiture. Un chien comme Pompée suivra l'anis à la trace jusqu'à l'autre bout de l'Angleterre et il faudrait que notre ami Armstrong passe une rivière à gué pour se débarrasser de lui. Ah ! le rusé coquin ! Voilà donc comment il m'a faussé compagnie l'autre soir !

Le chien venait tout à coup de quitter la grand-route pour s'engager dans un chemin herbeux. A un petit kilomètre de là, celui-ci donnait sur une autre grand-route et la piste repartait d'un seul coup à droite dans la direction de la ville que nous venions de quitter.

— Ce détour était entièrement à notre intention, alors ? dit Holmes. Je ne m'étonne plus que mon enquête dans les villages n'ait rien donné. Le docteur a vraiment fait tout ce qu'il a pu et on voudrait bien savoir pourquoi il s'est donné tant de peine pour nous tromper. A notre droite, ce devrait être le village de Trumpington. Et, mâtin ! voici la voiture qui tourne le coin ! Vite, Watson, vite, ou nous sommes perdus !

Il bondit dans un pré, entraînant avec lui Pompée qui ne venait pas de bon gré. A peine nous étions-nous tapis derrière la haie que la voiture passa à grand bruit. Je vis, à l'intérieur, le docteur Armstrong, les épaules voûtées, la tête entre les mains, l'image même de la détresse. Je constatai, à la gravité dont son visage était empreint, que mon ami l'avait vu comme moi.

— J'ai peur que la fin de nos recherches ne soit assez sombre, dit-il. En tout cas, nous serons bientôt fixés. Allons, Pompée ! Ah ! c'est cette maisonnette dans le champ...

Il ne faisait pas de doute que nous avions atteint la fin de notre voyage. Pompée courait en tous sens et gémissait devant la porte d'entrée, à l'endroit où les roues du coupé avaient laissé une trace encore visible. Un sentier conduisait au cottage isolé et nous nous empressâmes de le prendre après que Holmes eut attaché le chien à la haie. Mon ami frappa à la petite porte rustique, une fois, puis deux, sans obtenir de réponse. Pourtant la maisonnette n'était pas abandonnée car un bruit sourd venait à nos oreilles, une sorte de plainte désespérée, d'une mélancolie indescriptible. Holmes hésitait, puis il jeta un coup d'œil dans la direction de la route que nous venions de traverser. Une voiture la suivait, et il n'y avait pas à se tromper sur les deux chevaux qui la tiraient.

— Pardieu ! s'écria Holmes, voilà le docteur qui revient ! Ça tranche la question. Il faut que nous voyions ce que cela signifie avant qu'il n'arrive.

Il ouvrit la porte et nous passâmes dans le vestibule. La plainte s'enflait de plus en plus, tant et si bien qu'elle résonnait à nos oreilles comme un long et profond gémissement de détresse. Elle venait d'en haut. Holmes y courut, et je l'y suivis. Il poussa une porte à demi fermée et nous restâmes tous deux pétrifiés devant le spectacle qui s'offrait à nous.

Une femme, jeune et belle, gisait morte sur le lit. Son visage était calme et pâle, et ses grands yeux d'un bleu intense regardaient fixement en l'air, sous une opulente masse de cheveux d'or. Au pied du lit, mi-assis, mi-agenouillé, sa figure enfouie dans les couvertures, se trouvait un jeune homme dont le corps était secoué de sanglots. Il était si absorbé par son amer chagrin qu'il n'eut pas un regard pour nous jusqu'au moment où Holmes lui toucha l'épaule.

— C'est vous, monsieur Godfrey Staunton ?

— Oui, c'est moi... Mais vous arrivez trop tard. Elle est morte.

Le pauvre garçon était dans un tel désarroi qu'il ne voulait pas admettre que nous puissions être autre chose que des médecins venus pour l'assister. Holmes essayait de murmurer quelques mots de condoléances et de lui expliquer l'alarme qu'avait causée à ses amis sa soudaine disparition quand on entendit dans l'escalier un pas lourd et le visage massif et grave du docteur Armstrong apparut dans l'entrée.

— Ainsi, messieurs, dit-il, vous êtes arrivés à vos fins et vous avez, certes, choisi un moment particulièrement délicat pour cette intrusion. Je ne voudrais pas soulever une querelle en présence de la mort, mais je puis vous assurer que si j'étais plus jeune, votre conduite monstrueuse trouverait sa juste rétribution.

— Veuillez m'excusez, docteur, je crois qu'il y a un malentendu, dit avec dignité mon ami. Si vous voulez bien descendre, nous pourrons mutuellement nous fournir des éclaircissements au sujet de cette malheureuse affaire.

Un instant plus tard, le sévère docteur et nous nous trouvions dans la pièce d'en dessous.

— Eh bien, monsieur ? dit-il.

— Je voudrais que vous compreniez, tout d'abord, que je ne suis pas à la solde de lord Mount-James et que mes sympathies en cette affaire vont du côté opposé à ce monsieur de qualité. Quand un homme a disparu, il est de mon devoir de savoir ce qu'il est devenu, mais cela fait, l'affaire est terminée en ce qui me concerne et, dès l'instant qu'il n'y a rien de criminel, je suis bien plus désireux d'étouffer les scandales particuliers que de leur donner une publicité quelconque. Si, comme je l'imagine, il n'y a dans ce qui s'est passé rien d'illégal, vous pouvez compter sur mon entière discrétion et sur mon aide pour empêcher la chose d'être divulguée par la presse.

Le docteur Armstrong fit un pas en avant et, spontanément, serra la main de Holmes.

— Vous êtes un brave homme, dit-il, et je vous avais mal jugé. Je remercie le ciel de ce que mon remords de laisser le pauvre Staunton seul en ces instants tragiques m'ait fait faire demi-tour et permis de vous rencontrer. Sachant tout ce que vous savez déjà, la situation ne demande guère d'explications. Il y a un an, Godfrey Staunton, logeant à Londres pour quelque temps, s'attacha passionnément à la fille de la personne chez qui il habitait et l'épousa. Elle était aussi bonne que belle, et aussi intelligente que bonne. Mais Godfrey était le neveu de ce vieux hobereau racorni et il ne faisait pas de doute que l'annonce de son mariage l'aurait fait déshériter. Je connaissais bien le garçon, et je l'aimais à cause de toutes ses qualités. Je l'ai, tant que j'ai pu, aidé à arranger les choses. Nous avons fait de notre mieux pour garder le secret, car sitôt qu'un murmure circule, il n'y en a pas pour longtemps avant que cela ne se sache partout. Grâce à cette maisonnette solitaire et à sa propre discrétion, Godfrey avait réussi jusqu'ici à ce que son secret ne fût connu que de moi, si j'excepte un excellent serviteur qui est pour l'instant allé chercher de l'aide à Trumpington. Mais à la fin survint un coup terrible : la maladie de sa femme. Elle était atteinte d'une tuberculose à évolution rapide. Le pauvre garçon était à demi fou de douleur et il fallait quand même qu'il aille à Londres jouer ce fameux match, car il ne pouvait pas y échapper sans fournir des explications qui révéleraient son secret. J'essayai de lui remonter le moral par un télégramme et, en réponse, il m'en adressa un dans lequel il me suppliait de faire tout ce que je pouvais. C'est cette dépêche que vous semblez, de je ne sais quelle inexplicable façon, avoir réussi à voir. Je ne lui ai pas révélé à quel point le danger était imminent, car je savais que sa présence ici ne servirait à rien, mais j'avisai de la vérité le père de la jeune femme et c'est lui qui, manquant de jugement, alla trouver Godfrey. Le résultat fut qu'il revint dans un état voisin de la folie et qu'il est demeuré dans ce même état, prostré au pied du lit, jusqu'à ce matin où la mort a mis fin aux souffrances de cette malheureuse. Voilà tout, monsieur Holmes, et je suis sûr que je puis compter sur votre discrétion et sur celle de votre ami.

Holmes serra la main du docteur.

— Venez, Watson, me dit-il, et, de cette maison du chagrin, nous passâmes dans le pâle ensoleillement d'une matinée d'hiver.

Madame de La Fayette
La Princesse de Clèves

Jean de La Fontaine
Le lièvre et la tortue
et autres fables

Alphonse de Lamartine
Graziella*

Gaston Leroux
Le fauteuil hanté

Longus
Daphnis et Chloé

Pierre Louÿs
La Femme et le Pantin

Howard P. Lovecraft
Les Autres Dieux

Arthur Machen
Le grand dieu Pan

Stéphane Mallarmé
Poésie*

Félicien Marceau
Le voyage de noce de Figaro

Guy de Maupassant
Le Horla
Boule de Suif
Une partie de campagne
La maison Tellier
Une vie

François Mauriac
Un adolescent d'autrefois

Prosper Mérimée
Carmen
Mateo Falcone

Molière
Dom Juan

Alberto Moravia
Le mépris

Alfred de Musset
Les caprices de Marianne

Gérard de Nerval
Aurélia

Ovide
L'art d'aimer

Charles Perrault
Contes de ma mère l'Oye

Platon
Le banquet

Edgar Allan Poe
Double assassinat dans la rue Morgue
Le scarabée d'or

Alexandre Pouchkine
La fille du capitaine
La dame de pique

Abbé Prévost
Manon Lescaut

Ellery Queen
Le char de Phaéton
La course au trésor

Raymond Radiguet
Le diable au corps

Vincent Ravalec
Du pain pour les pauvres

Jean Ray
Harry Dickson
- Le châtiment des Foyle
- Les étoiles de la mort
- Le fauteuil 27
- La terrible nuit du Zoo
- Le temple de fer
- Le lit du diable*

Jules Renard
Poil de Carotte
Histoires naturelles*

Arthur Rimbaud
Le bateau ivre

Edmond Rostand
Cyrano de Bergerac

Marquis de Sade
Le président mystifié

George Sand
La mare au diable

Erich Segal
Love Story

William Shakespeare
Roméo et Juliette
Hamlet
Othello

Sophocle
Œdipe roi

Stendhal
L'abbesse de Castro

Robert Louis Stevenson
Olalla des Montagnes
Le cas étrange du Dr Jekyll et de M. Hyde

Bram Stoker
L'enterrement des rats

Erich Segal
Love Story

Anton Tchekhov
La dame au petit chien*

Ivan Tourgueniev
Premier amour

Henri Troyat
La neige en deuil
Le geste d'Eve
La pierre, la feuille et les ciseaux
La rouquine

Albert t'Serstevens
L'or du Cristobal
Taïa

Paul Verlaine
Poèmes saturniens
suivi des Fêtes galantes

Jules Verne
Les cinq cents millions de la Bégum
Les forceurs de blocus

Vladimir Volkoff
Nouvelles américaines
- Un homme juste

Voltaire
Candide
Zadig ou la Destinée

Emile Zola
La mort d'Olivier Bécaille
Naïs

Histoire de Sindbad le Marin

** Titres à paraître*

Achevé d'imprimer en Europe
à Pössneck (Thuringe, Allemagne)
en août 1996
pour le compte de EJL
84, rue de Grenelle 75007 Paris

Dépôt légal août 1996
1er dépôt légal dans la collection : novembre 1994

Diffusion France et étranger
Flammarion